Le XXe *siècle*
dans la même collection

AU NOM DE LA LIBERTÉ, *poèmes de la Résistance*
BRADBURY, *L'heure H et autres nouvelles*
L'homme brûlant et autres nouvelles
CARRIÈRE, *La Controverse de Valladolid*
CEUX DE VERDUN, *Les écrivains et la Grande Guerre*
CHEDID, *L'Enfant des manèges et autres nouvelles*
Fêtes et Lubies
HOLDER, *Mademoiselle Chambon*
KAFKA, *La Métamorphose*
PAROLES DE LA SHOAH, *Anthologie*
PROUST, *Combray*
ROMAINS, *L'Enfant de bonne volonté*
ANNIE SAUMONT, *Aldo, mon ami et autres nouvelles*
LE SURRÉALISME, *Anthologie*
TROYAT, *Aliocha*

Mademoiselle Chambon

ÉRIC HOLDER

Mademoiselle Chambon

Présentation, notes, chronologie et dossier par Laure Humeau-Meysselle

ÉTONNANTS CLASSIQUES

GF Flammarion

ISBN : 2-08-072153-4
ISSN : 1269-8822

Sommaire

Mademoiselle Chambon

Éric Holder

UN ÉCRIVAIN DISCRET

Éric Holder est né à Lille en 1960. Sa carrière d'écrivain commence tôt. À dix-sept ans, il montre ses premiers manuscrits à une éditrice, amie de sa mère, qui l'encourage à écrire. À vingt ans, il publie quelques articles courts dans des revues diverses et s'essaie au genre de la nouvelle et à celui du roman : paraissent alors en 1984 *Les Nouvelles du Nord* et, en 1985, *Manfred ou l'hésitation*. Il bâtit une œuvre couronnée à plusieurs reprises : *Duo Forte* obtient le prix Fénéon en 1989, *La Belle Jardinière*, le prix Novembre en 1993, et le recueil *En compagnie des femmes* le prix Nimier en 1996.

Publié en 1996, *Mademoiselle Chambon* est remarqué par la critique littéraire et sélectionné pour l'attribution du prix Renaudot, du prix Fémina et du prix des Libraires[1]. Ce roman qui bénéficie alors d'un large écho auprès du public fait connaître Éric Holder.

Après une enfance passée entre Lille et la Provence et quelques années parisiennes, Éric Holder est aujourd'hui installé avec sa famille à Thierceleux, un petit hameau de la Brie. Car, dit-il, le calme de la campagne lui est nécessaire : selon lui, c'est en frôlant le silence qu'on fait apparaître les choses les plus sen-

1. Prix littéraires, remis par des écrivains, des critiques ou des libraires, qui récompensent le meilleur roman de l'année.

sibles, celles qui, loin du merveilleux et de l'extraordinaire, font partie de la vie ordinaire.

QUOTIDIEN ET SIMPLICITÉ

L'univers d'Éric Holder est celui de la vie quotidienne, des gens de « peu », de la province. Qu'il raconte dans *Duo Forte* les aventures d'un accordéoniste errant, celles d'un employé de bureau doué pour les songes dans *L'Ange de Bénarès*, les tribulations[1] d'un boxeur amoureux d'une tétraplégique[2] dans *L'Homme de chevet* ou la rencontre entre un écrivain vieillissant et désabusé et une jeune adolescente à la dérive dans *Bienvenue parmi nous*, Éric Holder met toujours en scène des gens simples. Nulle violence, nul coup d'éclat, mais la vie en apparence banale de personnages proches de nous.

Dans *Mademoiselle Chambon*, il explore le thème de la passion simple.

UN ROMAN D'AMOUR

Mademoiselle Chambon est le récit de la rencontre entre Antonio, un maçon portugais, et Véronique Chambon, l'institutrice de son fils. Tout se

1. *Tribulations* : mésaventures.
2. *Tétraplégique* : personne paralysée des quatre membres.

joue en cinq actes : la rencontre initiale – dans une classe d'école primaire –, la prise de conscience par chacun des deux protagonistes de son attirance pour l'autre – au détour d'une rencontre dans les rues de Montmirail –, la gradation des sentiments – qui débute lorsque Antonio va poser une nouvelle fenêtre dans le studio de l'institutrice –, la communion des sentiments associée à l'éloignement géographique – lorsque Antonio part avec Anne-Marie, sa femme, au Crotoy, dans la baie de Somme –, et enfin la rupture finale.

Antonio et Véronique s'aiment et se désirent mais en silence et en pensée. Ils se voient, se parlent, mais n'évoquent jamais entre eux les sentiments qui les lient. Antonio est gauche et maladroit ; il maîtrise mal le langage et son impuissance à dire les choses est grande. Véronique, quant à elle, livre au silence de son journal intime son amour naissant.

Antonio et Véronique sont bien différents : le petit maçon portugais est un travailleur manuel aux mains calleuses[1] dont l'univers se réduit aux travaux qu'il accomplit sur ses chantiers ; Véronique, elle, incarne le savoir, la connaissance et la sensibilité : son univers est composé de livres, de solitude et de musique classique. Mais c'est justement cette différence qui les rapproche : Véronique est séduite par la force et la solidité qui se dégagent d'Antonio, tandis qu'Antonio

1. *Calleuses* : dont la peau est durcie et épaissie par les travaux manuels.

est attiré par l'univers sensible d'émotions et de sentiments neufs que lui ouvre Véronique. Leur amour véritable ne se manifeste pas, il n'est pas formulé ; il se traduit seulement par une transformation des deux personnages : la force de leurs sentiments est à la hauteur de leur métamorphose. Véronique apprend la coquetterie, la convivialité [1] et elle découvre l'amitié avec Anne-Marie, la femme d'Antonio. Mais c'est surtout Antonio qui change : il va s'ouvrir au contact de Véronique. Il s'initie grâce à elle à la beauté, celle infime d'une frise sous une fenêtre, celle d'une sonate de Bartók, celle d'un champ de blé ou d'un ciel nuageux de la baie de Somme… Il découvre grâce à elle qu'il existe autre chose que la dureté et l'opacité du ciment et le poids des outils : l'immatérialité des sentiments, des émotions, la légèreté des choses qui ne se touchent pas mais qui se ressentent. Ce bouleversement est d'autant plus fort qu'il surgit au beau milieu d'une vie modeste et tranquille, celle qu'on mène dans une petite ville de province.

1. *Convivialité* : goût des rencontres amicales.

CHRONIQUE DE LA VIE ORDINAIRE

Autant qu'un roman d'amour, *Mademoiselle Chambon* est une chronique sociale de la vie provinciale. L'action se passe principalement à Montmirail, dans la Marne, petite ville grise et immobile, touchée par le chômage, l'ennui, et les difficultés de la vie. Éric Holder nous décrit cette ville : l'école, l'atelier de maroquinerie, la grand-place avec sa banque, son supermarché, ses quelques commerces et son unique brasserie… L'univers est étriqué [1], resserré, presque clos.

Éric Holder nous parle de la vie qu'on mène dans cette ville, il la suggère à travers quelques faits ou éléments emblématiques : en quelques lignes, il évoque les fêtes familiales où, pour le méchoui, on a emprunté le tournebroche à la salle polyvalente, le bristol au scotch jauni affiché à la caisse de la boulangerie pour vendre du mobilier acheté à crédit, les horaires où les ouvrières pointent, le froid de l'hiver qui engourdit les mains des maçons, les bottes texanes qui ont coûté un demi-mois de salaire… Tous ces détails dessinent les contours d'une vie modeste, voire médiocre, tranquille, presque ennuyeuse où les seuls événements sont la fermeture et l'ouverture d'un magasin, les

1. *Étriqué* : qui manque d'ampleur, très étroit.

commérages du samedi matin au supermarché ou l'arrivée de la canicule…

Le monde social qu'évoque Holder est celui des modestes. Un maçon, une institutrice, une ouvrière sont les héros du roman. Le premier travaille dur pour assurer une vie honnête à sa famille, la deuxième sort peu de son petit studio parce qu'il vaut mieux ne pas être vue – la province a vite fait de médire –, la troisième pointe dans un atelier cinq jours sur sept et trouve le mot «amour» stupide. Ces héros modestes, Éric Holder en parle avec affection, sans aucun mépris, mettant en valeur leur courage mais aussi leur résignation devant une vie où l'on continue d'attendre ce qui ne viendra jamais. Loin du romanesque plein de rebondissements, *Mademoiselle Chambon* est avant tout un roman de la banalité quotidienne, avec ses joies, ses peines, ses habitudes et ses imprévus.

UN ROMAN DU RENONCEMENT

Pour Antonio, l'amour est une échappatoire.

Ce sentiment lui permet de donner un nouveau souffle à sa vie, une autre altitude, une autre élévation. Mais le roman montre, avec une certaine amertume et un certain pessimisme, l'impossibilité d'échapper au poids de l'enlisement provincial, des conventions sociales et de la bonne conscience de l'honnêteté. Car, à la fin, Véronique part : elle quitte Montmirail, ne voulant pas briser la famille d'Antonio et blesser Anne-Marie, devenue son amie, enceinte de son deuxième enfant. Antonio est alors obligé de renoncer à son amour, tout comme Véronique avait été contrainte de renoncer à une carrière de violoniste. Cette fin imposée à l'amour, à la beauté, à la pureté des émotions, conduit Antonio, par dépit et désespoir, à suivre Van Hamme, son patron, engagé dans un parti dont tout laisse deviner qu'il est extrémiste par les idées et la violence qu'il prône... En même temps qu'à l'amour, Antonio renonce à l'honnêteté, non par conviction, mais par dépit et frustration. Son engagement doit moins à ses convictions qu'à l'espoir de combler un vide, de tromper l'ennui, d'échapper à une vie médiocre, sans espoir de changement ni de réussite.

La leçon qu'offre Éric Holder est ici amère, presque pessimiste.

UNE ÉCRITURE MODESTE MAIS SYMBOLIQUE

L'écriture d'Éric Holder est simple, sans ornement recherché, à l'image de la simplicité des petits riens qu'il évoque. Bâti sur de brefs chapitres, écrit avec des phrases courtes, *Mademoiselle Chambon* va à l'essentiel et se concentre sur le détail : pas de transition entre les chapitres, pas de retours en arrière explicatifs, pas de descriptions inutiles. Ces personnages parlent peu mais les objets, les lieux, leurs gestes parlent pour eux. C'est pour cela aussi que le récit est traversé d'éléments symboliques qui signifient tout autant que les faits. La fenêtre, par exemple, est un motif important : celle dont Antonio aperçoit la frise lorsqu'il rencontre, au début du roman, dans la rue, Véronique, et celle qu'il changera dans son petit studio. Cet élément représente l'ouverture, par opposition à l'enfermement de Montmirail, la transparence, par opposition à l'opacité et à la lourdeur d'une vie cernée par la matérialité des choses, la beauté par opposition à la petitesse et à la grisaille du décor alentour. La nature et les saisons, elles aussi, sont symboliques. L'histoire d'amour d'Antonio et Véronique se déroule entre février et septembre. Les sentiments s'éveillent en même temps que la nature : la passion qui ronge Antonio culmine avec la canicule estivale et la rupture arrive au moment où la nature décline à l'automne. Le champ de blé devant lequel Antonio va écouter la cassette que lui a offerte Véronique représente aussi le cycle amoureux : au blé en herbe succède les verses[1], troublées par le vent, puis la moisson laisse apparaître une terre nue, noire et stérile. Naissance, apogée et déclin, l'amour est, dans *Mademoiselle Chambon*, dans l'ordre de la nature, de la vie, si amère soit-elle.

---

1. *Verses* : endroits où les tiges de céréales sont couchées à terre.

Mademoiselle Chambon

I

Antonio ne connaissait mademoiselle Chambon que de nom. Jusqu'au début de ce mois de février, elle n'avait jamais été qu'une signature au bas d'un carnet qu'il survolait – la tâche de le lire, lui semblait-il, en incombait à[1] Anne-Marie. À peine avait-il vu le même nom parapher[2] des convocations de parents d'élèves, Chambon, Véronique Chambon – il ne se rendait pas non plus aux convocations de parents d'élèves. Quant à Kevin, il l'appelait « Maîtresse ». Simplement : « Maîtresse », et son ton disait alors, de façon étrange dans cette petite bouche, la tendresse mêlée de soumission. Il avait fallu qu'Anne-Marie tombe malade pour qu'Antonio rencontre mademoiselle Chambon. Une saleté de grippe contagieuse, elles avaient été plusieurs, à la manufacture[3], dans ce cas-là. Lui n'avait pu quitter le chantier qu'à cinq heures. Il était entré dans l'école en courant, avec vingt minutes de retard. Sans rien connaître de la disposition des lieux, mais sans hésiter, il était allé d'instinct à la salle où Kevin l'attendait, en compagnie de l'institutrice.

---

1. *Incombait à* : était imposée à, revenait obligatoirement à.
2. *Parapher* : marquer un document avec une signature abrégée ; ici synonyme de signer.
3. *Manufacture* : établissement industriel, usine, fabrique.

Bien qu'il fît encore un peu jour, des néons jaunâtres éclairaient des dessins d'enfants. Les fenêtres étaient en verre cathédrale [1], afin de ne pas voir au-dehors. Cela sentait la craie, ou la poussière. Les petits bureaux supportaient mal d'être vidés, on aurait dit des demeures désertées avec trop de hâte, abandonnant là des signes de vie en train de flétrir, déjà, crayons raccourcis, règles en plastique rayées, gommes mangées... Une des fiertés d'Anne-Marie était de pouvoir offrir à Kevin l'école catholique. Antonio n'avait pas imaginé que celle-ci pût paraître si misérable.

On est à Montmirail, Marne, 51 [2]. Les hivers y ont également un goût d'encre. Et le printemps arrive tard. Il semblerait que la préoccupation majeure des habitants – guère plus de huit mille – soit de ne pas faire de bruit. Les maisons, dans les rues, ne sont ni austères [3] ni accueillantes. Elles intiment [4] de vivre au rythme de ce qui est indiqué : la guerre autrefois, à présent l'impôt, ou la redevance, ou le coût de la Sécurité sociale. On n'y est pas poli – à quoi bon ? On n'y est pas bourru [5] non plus.

Kevin leva à peine la tête quand Antonio entra dans la salle. Il tenait de son père, et c'était étonnant dans un visage si jeune, un air de détermination farouche – mêmes yeux noirs, même frange de cheveux également noirs, sur le front.

Mademoiselle Chambon était assise sur son bureau,

1. *Verre cathédrale* : verre à surface inégale translucide mais qui ne permet pas de voir distinctement à travers.
2. *Marne, 51* : département français de la région Champagne-Ardenne, situé à l'est de l'Île-de-France, dont les principales villes sont Reims et Châlons-en-Champagne. Montmirail est situé à l'ouest du département.
3. *Austères* : sévères, sans ornements.
4. *Elles intiment* : elles ordonnent.
5. *Bourru* : rude, peu aimable, renfrogné.

et jetait de temps en temps un regard au devoir de Kevin. Elle aurait vingt-cinq ans dans quelques jours – Antonio n'en avait guère plus. Mademoiselle Chambon était petite, fine et pâle – de cette pâleur anorexique [1]. Elle tentait d'amincir sous un chandail noir une poitrine disproportionnée.

Elle n'avait fait aucun reproche – bien au contraire, essayant d'adoucir le retard, arguant [2] qu'elle avait le temps, et qu'elle était ravie de rencontrer le père de Kevin. Pourquoi avait-il fallu que celui-ci baissât les yeux, et qu'il répondît en s'excusant ?

Toute la semaine qui suivit, au chantier, ailleurs, Antonio inventa ce qu'il aurait dû lui répondre.

Mademoiselle Chambon, quant à elle, se rendit dans une plus grande ville, le week-end. Elle avait fait des économies et voulait s'acheter une robe. Elle avait remarqué un modèle. C'était une chose très simple, vieux rouge, ras-du-cou, peut-être un peu audacieuse, avec cette échancrure [3] au-dessus du genou. Mais il se passa ceci, qu'en se regardant dans la grande glace de la cabine d'essayage, elle pensa : « Est-ce que ça lui plairait, par exemple, à lui ? »

II

On est en hiver, donc, et l'on n'en sort pas. On met des plaques en carton sur les pare-brise des voitures. Quand on les enlève, le matin, c'est gelé tout autour. On attaque les journées en arrondissant le dos, en rentrant le cou, front baissé. Jamais les rues n'ont paru si

1. *Anorexique* : se dit d'une personne qui refuse de s'alimenter.
2. *Arguant* : prétextant.
3. *Échancrure* : synonyme de fente.

grises. On a perdu jusqu'au souvenir de l'été, lorsqu'il y avait des marchés de plein air, ou qu'on allait en chemise aux terrasses des bistrots. Il semble, comme dans certains contes, que le soleil ne reviendra pas – qu'il a été volé. Les rares passants se croisent à Montmirail en échangeant des regards soupçonneux. L'homme est ainsi bâti qu'il accuserait d'autres hommes du temps qu'il fait.

C'est coton [1], pour aller au chantier, à sept heures. En ce moment, ça va, il est à dix kilomètres seulement. Une maison, que se fait construire un couple de fonctionnaires. Antonio n'ignore pas le contrat des maçons : s'il fait froid – le ciment ne prend pas – ou s'il pleut, le patron peut donner congé dès huit heures. Or le patron, c'est Van Hamme, et l'entreprise porte le même nom. Des manœuvres [2] ne tiennent pas trois jours. On a vu Van Hamme lui-même pelleter la grève [3] dans la toupie [4], ayant quitté sa veste de costume, afin de ne pas dépasser le devis [5].

Il n'y a pas de congé, il n'y a jamais de congé avec Van Hamme. Il n'y en a pas non plus avec Antonio, qui serre les dents tous les matins, qui a vu passer, depuis quelques années, beaucoup de manœuvres, et d'autres maçons aussi. Voilà pourquoi Van Hamme, comme aujourd'hui, débarque parfois le soir, à l'improviste [6]. Il a l'air satisfait. Il s'installe d'autorité dans

---

1. *C'est coton* : expression familière qui signifie que c'est difficile.
2. *Manœuvres* : ouvriers sans connaissances professionnelles spécifiques.
3. *Grève* : mélange de gros sable et de graviers qui, ajouté au ciment, sert comme matériau de construction.
4. *Toupie* : sorte de cuve qui tourne sur elle-même pour éviter la solidification des matériaux qu'elle contient.
5. *Devis* : état détaillé des travaux à exécuter avec l'estimation de leurs coûts.
6. *À l'improviste* : sans prévenir, de façon inattendue.

le canapé acheté à crédit, sur catalogue. Antonio prend le tabouret, Anne-Marie propose des apéritifs, Ricard, Martini, un scotch [1]. Anne-Marie ne peut s'empêcher d'être inquiète quand Van Hamme débarque. Il faut qu'elle s'affaire. Cela lui fait du bien de remplir des verres, de charger un plateau, d'hésiter entre des bols pour présenter des biscuits. Elle a acheté les bols sur catalogue également. Sous la photo de présentation, c'était marqué : peints à la main dans un style chinois, ces pièces uniques témoigneront de votre raffinement.

Lorsqu'elle revient au salon, les bras chargés, Van Hamme dit toujours que les autres patrons n'ont pas de couilles. Qu'il faut savoir y faire, dans la vie. Il fume des petits cigares bon marché, qu'il propose à la cantonade [2] sans succès. Il dit, regarde-moi, Antonio, je suis un entrepreneur [3], tu sais ce que ça signifie ? Que je ne me laisse pas avoir. Que j'ai l'esprit d'initiative. Pas comme ces veaux.

On est taillé dans le même bois, Antonio – alors Anne-Marie a un instant, un tout petit instant de fierté, parce que Van Hamme vient de montrer les murs en pierre solide, les poutres apparentes, et dans un geste large qui englobe tout, aussi bien cette nouvelle télévision que Kevin, à l'étage, qui joue à on ne sait quoi, et cette maison, c'est Antonio qui l'a construite de ses propres mains, la plomberie, c'était tel copain, et l'électricité, tel autre, oui, Antonio a construit la maison, et Anne-Marie a choisi les carreaux de la cuisine, ceux de la salle de bains. Déjà Van Hamme dit, j'aurais aimé t'avoir pour fils, c'est quel-

1. *Ricard, Martini* : marques d'alcools. *Scotch* : whisky écossais.
2. *À la cantonade* : à tout le monde.
3. *Entrepreneur* : chef d'entreprise, patron – terme surtout utilisé pour le domaine de la construction.

qu'un comme toi que j'aurais voulu, pourquoi tu ne viens pas avec moi au parti[1] ?

Alors Anne-Marie cesse d'éprouver – un peu – d'orgueil. Anne-Marie a peur. Van Hamme, sur le canapé, tirant sur son cigare infumable, en attendant le Ricard, ou le Martini, répète qu'il aurait voulu Antonio pour fils, et non les deux connards dont la nature l'a doté, dix-neuf et dix-sept ans, leur mère les a trop gâtés, si ça n'avait tenu qu'à moi, je te les aurais fait marcher à coups de pied au cul, on aurait vu le résultat...

Alors Anne-Marie sent sa vision se fractionner[2]. On dirait que l'œil droit se voile – Van Hamme – tandis que le gauche s'aiguise : Antonio apparaît plus nettement, avec cette courte mèche brune qui lui sépare le front, et qu'est-ce que Kevin lui ressemble, Antonio silencieux, Antonio écoutant sans intervenir, Antonio serrant les dents ainsi que chaque matin, et le week-end, améliorant l'isolation, dressant des murets d'enceinte, plantant des haies...

Ah oui, l'œil gauche n'en a que pour Antonio, qui fait cela pour elle et pour Kevin, qui l'aurait cru? Rencontré dans un bal à seize ans, mariés à dix-huit, Kevin tout de suite après. L'œil gauche s'embue[3], mon Antonio, beau maçon portugais, tu as raison, ne dis rien – à l'œil droit, va chier, con.

Elle vient de déposer le plateau chargé de bouteilles, de verres et de bols sur la table basse, devant la cheminée où il y a un insert[4]. Elle parie avec elle-

1. Van Hamme évoque ici la formation politique à laquelle il appartient comme responsable et militant.
2. *Se fractionner* : se diviser, devenir multiple.
3. *S'embue* : se remplit de larmes comme d'une buée.
4. *Insert* : foyer fermé équipé d'une soufflerie qui diffuse la chaleur dans la pièce.

même que Van Hamme se resservira. Van Hamme se ressert toujours, sans rien demander à personne.

Elle a parié, elle gagne. Ainsi du jour qu'elle avait rencontré Antonio. Il n'a pas changé. C'était ce petit mec hostile.

On aurait dit qu'il cherchait la bagarre, et ce n'était pas vrai, Antonio, à seize ans, remontait les épaules par timidité, et parce qu'il était seul. Elle avait vu ça, tout de suite, elle s'était dit, lui, là, n'est pas comme les autres. Avec ses yeux et ses cheveux très noirs. Avec son attitude de petit dur, mais ça ne marche pas.

Elle avait fait le premier pas. Le garçon était délicieusement désagréable. Elle n'avait pas parié de le séduire, c'était quelque chose de plus vaste, une sorte de mise qu'elle avait tout à coup placée sur lui, la certitude immédiate et folle qu'il s'agissait de l'homme de sa vie. Anne-Marie, rentrée en elle-même, dans le même temps, s'effarait de pouvoir penser cela. Si elle avait, comme tout le monde, rêvé d'amour, elle n'avait jamais imaginé, et surtout pas à son âge, que la rencontre pût avoir lieu à l'ombre de cette formule qui résonnait à présent étrangement en elle – c'est l'homme de ma vie.

Et lorsqu'elle y repensait, près de dix ans plus tard, son regard partait soudain dans le vague, elle se rappelait ce jeune homme aux épaules remontées, d'apparence si butée [1], avec cet elle-ne-savait-quoi entre les yeux et le front, de raide, de malheureux, de touchant, et qui aurait fait n'importe quoi, maintenant, pour elle et pour Kevin. Et encore son fils, elle le sentait, même s'il lui ressemblait, était-il moins celui de son père que sa créature à elle, quand Antonio le

1. *Butée* : têtue, obstinée.

fixait, arrêté tout à coup par une de ses réflexions, un détail, on ne lui voyait pas de ces fiertés paternelles, mais bien ce regard avec lequel il l'enveloppait elle-même, cet air de dire, je veille sur vous, moi vivant, rien de mauvais ne vous atteindra, de toutes mes forces, je veille sur vous…

Anne-Marie n'aime pas le mot amour. Elle l'a entendu dans des chansons, lu dans des magazines, ou dans des livres à trois francs. Des copines, durant les deux années de lycée – elle n'a pas été au-delà –, le prononçaient en s'extasiant[1] : jamais elles ne lui paraissaient si profondément stupides.

Mais comment appeler cela? se demande-t-elle, cette buée supplémentaire sur l'œil gauche, Kevin vient de descendre de l'étage, Antonio l'y a renvoyé – durement, en deux mots –, et elle sait pourquoi, Antonio ne veut pas que des types comme Van Hamme salissent, ne serait-ce que d'un bonjour, petit! tout ce qui touche à Anne-Marie. Elle sait et elle sent. Que la voir s'agenouiller près de la table basse et faire le service, c'est bien assez de souffrance pour lui.

Déjà Van Hamme dit, voilà comment il faut parler aux mômes, j'aurais dû faire pareil avec les miens.

III

Mademoiselle Chambon aurait voulu ne pas s'appeler Véronique, mais Élise, ou Lise, ou Laure – et le dernier lui paraissait le mieux choisi –, enfin l'un de ces prénoms glissants comme fondait à présent la neige sur les rives des rus[2] alentour de Montmirail, sur

1. *En s'extasiant* : en manifestant admiration, ravissement, émerveillement.

2. *Rus* (littéraire) : petits ruisseaux.

les berges du Morin – et non dur comme était celui de Véronique. Elle tenait un journal intime. Un jour, elle passa le pas. Elle écrivit à Laure. Et trouva à qui parler.

Laure naquit donc un 23 février, c'était l'après-midi d'un samedi, dans le petit studio de la rue du Docteur-Farny, à peu près au tiers d'un fort cahier à carreaux posé sur les genoux de Véronique, ma bien chère Laure, il faut que je te fasse une confidence, je n'aime pas Véronique Chambon. Je crois que je ne l'ai jamais aimée. Pas seulement son prénom. Tout ce qui va avec, tu comprends ?

Tout.

Elle ne m'aura étonnée qu'une seule fois. Elle avait dix-sept ans, et son âge expliquait sans doute l'inconscience avec laquelle elle avait accepté d'interpréter ce concert à Paris, Fauré [1], la première sonate pour violon et piano, en *la* majeur op. 13 [2], la deuxième, en *mi* mineur op. 108. Il est possible, également, qu'elle l'ait fait pour Mathilde, sa meilleure amie, qui était au piano, et qui a poursuivi son chemin depuis, on l'entend à France-Musique [3], elle donne des récitals à l'étranger – penser à lui écrire, à elle aussi.

Par où commencer ?

Bien. Optons [4] pour ceci, Laure. Nous sommes le 23 février, c'est samedi, et je n'ai pas classe. Je t'écris depuis le bord du lit double où je suis assise. Il n'y a jamais eu que moi dans ce lit double, et je n'ai allumé que la petite lampe de chevet, afin de donner un caractère un peu plus intime à ce que je m'apprête à te confier.

---

1. *Fauré* (Gabriel) : compositeur français (1845-1924).
2. *Op. 13* : abréviation de « opus », terme qui, suivi d'un numéro, sert à situer un morceau de musique dans la production d'un compositeur.
3. *France-Musique* : radio qui diffuse de la musique classique.
4. *Optons* : choisissons.

Est-ce que je vais bien, d'abord? Maintenant oui, Laure. Tout à l'heure non, mais depuis que j'ai pris la décision de t'écrire, ce serait, par exemple, comme si j'avais bu un verre de vin.

Il faut à présent que je te détaille l'appartement autour de la lampe, et du lit. C'est un studio que j'ai trouvé par agence lorsque je suis arrivée ici, en septembre dernier. Il avait fallu faire vite pour le logement. Mille francs par mois. Peut-être la somme te paraîtra-t-elle ridicule : ici, cela paraît un prix prohibitif[1]. Bien sûr, je devrais rompre le bail[2], chercher plus grand pour moins cher, mais il y a dans ce studio quelque chose d'à la fois douillet et étranger, et qui me plaît. J'y suis chez moi, et je pourrais le quitter sans regret à l'instant. Les murs ont été repeints de frais – blancs. Peu de meubles : deux chaises dépareillées, une table, mon secrétaire[3], cette seule belle pièce qui me vient de la famille, et qui m'accompagne partout depuis que je l'ai quittée, la famille.

Un mécanisme caché ouvre un tiroir dans lequel je rangerai dorénavant le cahier où je t'écris. Quoi d'autre? Quelques livres pas forcément scolaires rangés à même la moquette, contre un mur. Le violon dans son étui. Le violon «muet», à côté, pour travailler sans déranger les voisins.

Voilà, c'est là que Véronique t'apparaît, Laure. Elle lève les yeux du cahier – de la lettre? Son regard, par l'unique fenêtre, tombe sur la rue du Docteur-Farny, délimitée, à l'un des bouts, par une pharmacie flambant neuve – néons verts, toute la nuit; à l'autre extrémité : cette sorte de bar-épicerie qui vend le coup de

1. *Prohibitif* : trop élevé, excessif.
2. *Bail* : contrat de location d'un appartement.
3. *Secrétaire* : meuble avec un tiroir et un panneau qui, rabattu, sert de table à écrire.

rouge comme le jambon en boîte, des bonbons anciens et des bières de ménage, en bouteilles d'un litre.

Elle reconnaissait parfois, collant son front au carreau, telle personne croisée sur la place de Montmirail, et qui se rendait dans l'assommoir[1] sans crainte d'être jugée. Elle s'en voulait d'être réduite à cela, de coller son front au carreau, et de reconnaître des Montmiraillais qui venaient de la pharmacie ou qui allaient au bistrot, Véronique Chambon.

Je n'étais pas faite pour ça, Laure. C'est sans doute ma faute : je n'ai jamais rien demandé non plus. Peut-être, si, une fois, d'habiter le pays où poussent les pamplemousses, là où il aurait suffi de se mettre sur la pointe des pieds pour en attraper un. Mais on m'avait regardée d'une drôle de façon. On m'avait dit, le pays où poussent les pamplemousses, vraiment?

Les pamplemousses?

J'avais répondu oui avec un peu d'aplomb, puis de moins en moins, puis plus du tout.

J'étais cette petite fille, tu sais, en retrait des autres. Elles s'appelaient Mathilde, Élise, ou Lise, elles portaient des prénoms liquides et simples comme de l'eau. Elles riaient fort parce qu'elles savaient ce qu'elles voulaient. On me dit qu'à cinq ans, j'avais déjà les yeux cernés.

Ma sœur aînée disait, ce que tu peux être gourde, ma pauvre, et je ne lui en voulais pas, je savais qu'elle avait raison, j'abondais dans son sens, même, j'étais

1. *Assommoir* : débit de boissons.

capable de regarder Véronique dans un miroir, et de lui dire, avec un hochement de tête semblable à celui de ma sœur, tsst, tsst, ce que tu peux être gourde, ma pauvre.

Un détail, Laure, un seul : je gardais toujours dans ma manche gauche, sous le poignet, un mouchoir propre et repassé de frais. Il dépassait par un coin, afin qu'on pût le saisir facilement avec la main droite. Je ne sais pas où j'avais dû voir ça, ni ma mère ni ma sœur ne possédaient une habitude pareille. Mais le fait était là, chaque matin, en m'habillant pour aller au collège, puis au lycée, il me semblait que j'aurais été nue sans ce mouchoir que je glissais sous le poignet. Et d'en tripoter le coin, dans des situations difficiles, me sauvait – ou du moins l'imaginais-je – d'être complètement ridicule.

Un soir, je faisais mes études cette fois, Mathilde vint me voir au foyer. Elle venait de passer avec succès un important concours de piano et d'obtenir, de façon simultanée, son premier engagement[1]. Le concert que nous avions interprété salle Pleyel[2] était depuis quelques années, maintenant, derrière nous. Elle avait apporté une demi-bouteille de champagne que nous avions bue dans les gobelets du foyer. Et j'étais tellement contente pour elle, et nous étions en train de rire, toutes deux, un peu étourdies, quand elle s'était arrêtée subitement. Elle fixait le coin de mon mouchoir qui, dans un mouvement que j'avais fait, atteignait à présent la paume de la main.

Elle avait eu un regard étrange en disant, ah, ta manchette de tristesse…

---

1. *Engagement* : contrat pour un concert.
2. *Salle Pleyel* : célèbre salle de concert de musique classique à Paris.

Je ne porte plus de manchette de tristesse, Laure. Mais mon mouchoir, certains jours, je le roule en boule, au même endroit, un peu plus bas. Il ne fait plus qu'une verrue sous le pull ou sous le chemisier, au milieu de l'avant-bras.

Je garde ça, certains jours.

Il faut que je te parle de ce concert, parce que sans cela, tu ne comprendrais pas tout. Mathilde avait obtenu le premier prix de piano au conservatoire[1] de Troyes, où nous habitions. Pour moi, en violon, j'avais eu le troisième. Un après-midi qu'entre nous, chez elle, nous répétions l'*andante non troppo*[2] qui ouvre la deuxième sonate de Fauré (mi mineur op. 108) – et il est vrai que ce jour-là, une sorte de grâce flottait dans l'air, rendant les notes fluides dans le même temps qu'elle rehaussait[3] la nostalgie nécessaire de ce morceau –, une amie de sa mère était entrée dans le salon pour nous écouter. Je ne la connaissais pas, je voyais qu'elle nous écoutait vraiment, c'est-à-dire que nous ne la faisions pas rêver, mais qu'elle étudiait nos jeux, à toutes deux. Quand ce fut fini, elle dit, Fauré, l'*andante non troppo*, ce n'était pas mal du tout, est-ce que vous vous sentiriez capables d'interpréter l'intégralité des première et deuxième sonates? Cette femme était grande, très belle, avec un regard qu'on eût voulu retenir davantage, sous les longs cils. C'était Mathilde qui avait répondu oui.

Peu de temps après, celle-ci reçut un coup de téléphone, pouvions-nous donner un concert à Pleyel, un

1. *Conservatoire* : école qui forme musiciens et comédiens.
2 *Andante non troppo* : mouvement musical assez lent.
3. *Rehaussait* : donnait plus de relief, de valeur.

seul soir, mais il y aurait un contrat, et nous serions rémunérées[1] ?

Je te le répète, j'ai dû accepter d'abord par inconscience, à moins que ce ne fût pour Mathilde. Cependant, si je veux être franche avec moi-même, je suis bien obligée de voir la toute petite lumière qui est née à ce moment-là, comme un minuscule sapin de Noël.

Et, au fur et à mesure de nos répétitions, je sentais ce sapin – avec, tu sais, les boules et les guirlandes, et les cadeaux en dessous – grandir en moi, ou bien se rapprocher. Mathilde éprouvait certainement une chose semblable. Nous n'en parlions pas, de ce commun accord qui provient des longues amitiés, et qui supporte mal qu'à vouloir nommer cette chose, on l'affadisse. Qu'on la réduise.

Je te passe le concert. Il te suffira de savoir que ce soir-là, malgré notre crainte folle, nous déballâmes les cadeaux sous l'arbre devenu immense, Mathilde et moi. Nous fûmes longuement applaudies. On vint nous voir en coulisses, on nous fit des promesses. Puis les lumières s'éteignirent une à une. Je revins à Troyes le lendemain.

Il y eut encore un peu de chaleur, là-bas, ainsi que ces braises qui rougeoient sous la cendre – quelques articles dans des journaux locaux, des photos à gros grains noir et blanc, sur lesquelles Mathilde et moi paraissons si jeunes, et que j'ai conservées… Enfin il n'y eut plus rien.

Tu sais ce qui nous fait vivre, Laure ?

L'espoir de retrouver un jour pareille altitude.

Si je t'écris, c'est qu'elle tarde tant à revenir.

1. *Rémunérées* : payées.

IV

Ils étaient trois de permanence, sur les chantiers. Mallard. Mahmoud. Antonio. Quand l'entreprise devait être dans les délais, on engageait des intérimaires[1], ou bien des apprentis[2].

Mallard n'était aimé de personne, pas même de Van Hamme, alors qu'ils partageaient des opinions politiques en tout point identiques. Bien qu'il fût grand, costaud et travailleur, Mallard avait une façon de regarder par en dessous qui trahissait immédiatement le goût du vice[3]. On le sentait capable des pires choses, pourvu qu'elles fussent impunies. Il y avait en lui cette sorte de jouissance qu'éprouvent certains hommes à faire le mal en secret. Le parti lui en fournissait parfois l'occasion[4].

On est à présent en mars. Les températures sont devenues plus douces. On voit dans la campagne, au milieu des haies dénudées, éclore les grandes taches jaunes des forsythias[5]. Au chantier, on n'a pas emporté de meuleuse[6], et c'est ennuyeux, il faudrait raccourcir

1. *Intérimaires* : personnes qui travaillent temporairement pour une entreprise.
2. *Apprentis* : personnes qui apprennent un métier, qui sont en apprentissage.
3. *Vice* : immoralité, mal.
4. Le parti politique auquel appartiennent Van Hamme et Mallard a recours à la violence et l'attitude hostile de Mahmoud vis-à-vis de Mallard laisse à penser que ce parti défend des idées racistes.
5. *Forsythias* : sorte d'arbustes à fleurs.
6. *Meuleuse* : outil à disque plat et coupant utilisé pour découper des matériaux résistants.

un linteau[1] de porte qu'on a choisi trop grand. Antonio en possède bien une petite, dans le coffre de sa voiture. Il va la chercher, l'essaie. C'est inutile, le disque entame à peine le béton qui ceint[2] les fers, la meuleuse chauffe.

C'est parce que tu ne sais pas y faire, dit Mallard, passe-moi ça. Il ne s'écoule pas cinq minutes avant que le moteur fonde, dans l'odeur de la bobine grillée.

Merde, dit Antonio, tu sais ce que ça coûte, une meuleuse ?

Pleure pas, bébé, de toute façon, elle était naze[3].

Non, Mallard, elle n'était pas naze, et ne m'appelle pas bébé.

D'accord, répond-il. Ce sera « connard » maintenant. Tu me cherches ou quoi ? Le regard n'a plus rien de fuyant. Il brille d'une joie mauvaise. Antonio doit mesurer trente centimètres de moins, et rendre à peu près autant de kilos[4].

Mahmoud n'a pas lâché la pelle qu'il tenait à la main. Il s'est approché lentement du dos de Mallard. Il ne fera rien pour séparer les deux hommes. Il sait déjà qui frapper, et où.

C'est à ce moment-là qu'arrive la BMW du patron, dans le crissement[5] des pneus sur le gravier, la « grève », plus exactement, qui sert pour le mortier[6]. Dès qu'il sort, d'un coup d'œil, Van Hamme com-

1. *Linteau* : pièce horizontale au-dessus d'une fenêtre ou d'une porte.
2. *Ceint* : du verbe « ceindre », entourer; il s'agit là de béton armé, c'est-à-dire renforcé par une armature métallique.
3. *Naze* : (populaire) cassée, hors d'usage.
4. *Rendre à peu près autant de kilos* : Antonio doit peser trente kilos de moins que lui.
5. *Crissement* : bruit de frottement, de grincement aigu.
6. *Mortier* : mélange de ciment, de sable et de graviers utilisé en construction pour lier et recouvrir les pierres.

prend la situation. Il comprend tellement bien que c'est à Mahmoud qu'il demande de la lui résumer. Antonio a laissé retomber ses bras. Mallard balance son grand corps d'un pied sur l'autre, tandis que dans son regard, on voit à nouveau qu'il s'apprête à mentir.

Bon, dit Van Hamme, je la paie, moi, cette meuleuse. Tu vas au magasin de matériaux, Antonio, et tu la fais mettre sur le compte de l'entreprise. Je veux dire : tu y vas tout de suite.

Antonio a gagné sa propre voiture sans un mot, en a claqué la portière. Au moment de démarrer, Van Hamme l'a rejoint. Il dit, par la vitre ouverte, ne reviens pas au chantier, pas aujourd'hui. Mahmoud nettoiera tes outils. Prends un peu de bon temps, va.

Puis, s'étant retourné, et ses yeux glissant sur Mallard qui s'était remis au travail : Il bosse dur. Je sais bien que c'est une salope. Je ne peux pas me passer de lui. Pas en ce moment.

Quand il eut acheté la meuleuse et qu'il fut ressorti sur la grand-place, Antonio se retrouva désœuvré. La tension qui avait précédé rendait le sentiment agréable. Il aurait pu rentrer directement chez lui, ou faire prévenir Anne-Marie, à la manufacture, qu'il passerait prendre Kevin. Mais il y avait on ne savait quoi dans l'air, une sorte de douceur subite qui l'incitait à souffler un peu, à ne plus penser à rien, comme cela arrive de très rares fois. Il n'allait jamais au bistrot : il songeait vaguement qu'aujourd'hui ferait exception. Une bonne bière, de celles qu'on paie dans les quinze francs au comptoir, et vingt à table.

Le soleil de cette fin d'après-midi, printanière avant l'heure, jetait un éclat joyeux sur les façades en brique rouge, les durs balcons de ciment. Antonio, quoiqu'il eût connu Montmirail depuis l'enfance, n'aimait pas la petite ville sans grâce. Il ressentait parfois, à la faveur d'un souvenir ou d'un instant comme celui-ci, une espèce de sympathie pour l'endroit. Cela s'arrêtait vite là.

Il faut avoir grandi, puis vivre dans un même bourg de la province profonde pour éprouver le poids de l'enlisement, les grandes espérances ramenées aux proportions d'un compte bancaire, l'ennui auquel on n'échappe plus que par d'infimes détails : un magasin qui ouvre, la fermeture d'un ancien, le vote, au conseil municipal, d'une nouvelle fontaine.

La cité elle-même paraît se déliter [1], ses contours en deviennent flous. L'esprit, faute de surprises, renonce à être curieux des formes et des gens. On ne parle plus aux camarades d'école dont on croit tout savoir. Les grands moments de l'histoire proviennent d'un lointain qu'au fond, on n'imagine même pas. Il y a eu repli contre soi : dans le travail, ou bien l'on a fondé un foyer, ou bien l'on boit.

Lorsqu'il vit apparaître mademoiselle Chambon à l'autre bout du trottoir – elle l'avait reconnu dans le même temps que lui –, il se passa un phénomène étrange. Il eut le sentiment très net, une fraction de seconde, d'errer dans une rue, pour le coup, inconnue. Un détail, de manière absurde, retenait son attention du côté opposé : une frise [2] en céramique qui soulignait quatre fenêtres, et dont il ne se rappelait pas avoir déjà remarqué la présence. Et tandis que mademoiselle Chambon avançait, il constatait, en se maudissant, qu'il ne pouvait détacher ses yeux de la frise en céramique.

1. *Se déliter* : se décomposer, perdre sa cohésion.
2. *Frise* : ornement en forme de bande continue.

Quand vint le moment de la croiser, il se vit alors lui-même, en pied[1], avec la cotte[2] salie qu'il n'avait pas quittée, ses lourds godillots[3] de chantier, ses cheveux où le plâtre adhérait en grumeaux.

Elle sentit cela de façon tangible[4] lorsqu'il fut devant elle : sa gêne, la honte des grumeaux dans les mèches qui lui tombaient sur le front, et qu'en une fraction de seconde également, elle imaginait détacher un à un, comme on épouille[5]. Elle avait dit bonjour la première, et cette politesse s'étirait dans l'air, s'installait calmement dans sa timidité à lui. Elle portait cette robe récemment achetée. Cela le rendait plus gauche encore.

Il demanda, vous êtes déjà sortie? Elle répondit, c'est l'heure, en inclinant légèrement la tête de côté, ainsi qu'on le fait quand on est amusée d'un homme distrait.

Il dit encore, ça va, Kevin, à l'école? Malgré elle, un sourire lui montait aux lèvres : il parlait trop vite, ou bien, il aurait pu parler de n'importe quoi, et, s'il meublait avec peine la conversation, il n'avançait aucune des choses qu'on évoque en pareil cas, la température, la santé. Et ses yeux noirs, le front têtu, les mèches rebelles…

Ça va, dit-elle avec lenteur. Elle inclinait la tête dans l'autre sens, prenait le temps de s'attarder sur son visage, sans vergogne[6], sans y penser non plus,

1. *En pied* : des pieds jusqu'à la tête.
2. *Cotte* : salopette de travail, en tissu, généralement bleu; synonyme de bleu de travail.
3. *Godillots* : grosses chaussures.
4. *Tangible* : évident, réel; comme si elle pouvait «toucher» sa gêne.
5. *Comme on épouille* : comme on enlève les poux.
6. *Sans vergogne* : sans honte, sans scrupules.

comme si cela, entre eux deux, eût été naturel, ou de longue date.

Il songea qu'elle était en train de se moquer de lui.

Lorsqu'ils se séparèrent, il se passa un quart d'heure avant qu'il trouve les mots qu'il aurait aimé prononcer : enjoués [1], normaux, et, au mieux : désinvoltes [2].

Véronique, quant à elle, eut un moment de stupéfaction en poussant la porte de l'immeuble qui donnait sur la rue du Docteur-Farny. Leur rencontre lui avait paru tellement longue. Elle avait duré moins d'une minute.

Antonio, en rentrant chez lui, embrassa successivement Anne-Marie et Kevin. Elle l'aidait à faire ses devoirs, sur la table basse, dans le salon. Qu'est-ce que c'est? demanda-t-il en se penchant au-dessus du livre et des cahiers. Il s'agissait de groupes sujet et complément. De rudiments [3] de grammaire.

Merde, dit-il, je n'y connais rien. Je ne suis même pas foutu d'écrire correctement mon nom.

Ça va changer, ajouta-t-il. Il s'était accroupi entre eux deux. On révisera certaines leçons ensemble, hein, Kevin? Des fois, c'est toi qui m'apprendras. Et puis je viendrai te chercher plus souvent, à la sortie de l'école. Il embrassa à nouveau Anne-Marie.

Antonio était sincère. Il ne pensait plus à Véronique Chambon. Il lui restait seulement dans les yeux une sorte d'éclat, la réminiscence [4] de n'avoir plus vu Montmirail de la même façon. Cela revêtait la forme d'un espoir, qu'il se chargerait de transmettre aux siens. Un jour, on bouge, Kevin. L'on est moins bête.

---

1. *Enjoués* : de bonne humeur, gais.
2. *Désinvoltes* : naturels, décontractés.
3. *Rudiments* : notions élémentaires, bases de quelque chose.
4. *Réminiscence* : souvenir imprécis, vague.

Qu'est-ce qui se passe? demanda Anne-Marie. Il n'aurait su quoi répondre. J'ai une nouvelle meuleuse, dit-il.

V

Anne-Marie pointait[1] à 8h30, quittait à 12h00, reprenait à 13h30 pour sortir à 16h45, cinq jours sur sept. Elle gagnait six mille francs par mois. Elle trouvait qu'elle avait de la chance.

L'atelier de maroquinerie[2] – la « manufacture », ainsi qu'on l'appelait ici – donnait sur la même placette, presque une cour, que le porche de l'église. Audelà des hauts murs qui la délimitaient, on voyait la cime des arbres centenaires du château. Une petite porte à flanc du transept[3], et le plus souvent fermée à clef, reliait directement le parc à l'église. Ce vestige du temps des seigneurs continuait de déboucher sur quelques prie-Dieu[4] réservés, aux coussins brodés, lorsque les autres étaient en paille. Et sans doute lui devait-on de nommer l'atelier, la « manufacture », dans cette proximité encore effective du règne de la

1. *Pointait* : commençait à travailler (l'employé qui arrive à son travail « pointe » son heure d'arrivée sur un instrument de contrôle, la pointeuse).
2. *Maroquinerie* : industrie spécialisée dans la fabrication d'articles en cuir.
3. *À flanc du transept* : sur le côté du transept. Le transept est la partie transversale d'une église, qui évoque symboliquement la barre la plus courte de la croix.
4. *Prie-Dieu* : sièges bas sur lesquels on s'agenouille pour prier; autrefois ils pouvaient être réservés à certains paroissiens.

noblesse, lui donnant ainsi un aspect de Gobelins, ou de Sèvres [1].

Mais si l'on entrait, elles étaient une vingtaine d'ouvrières en enfilade [2], penchées sur des machines à coudre emmanchées des aiguilles les plus dures, pour le cuir. En fait d'hommes, il y avait là un contremaître [3], deux manutentionnaires [4], ainsi qu'un comptable, derrière la vitre d'un petit bureau. On voyait rarement le patron, qui tenait boutique à Paris. Parfois des représentants venaient prendre des échantillons, et faisaient un peu de gringue [5] aux filles.

Personne ne se plaignait que le travail fût dur. À Montmirail, l'absence d'emplois était telle qu'on considérait «celles de la manufacture» comme des privilégiées. On leur faisait crédit dans les commerces, dans les bistrots où se rendaient certains de leurs hommes au chômage.

Presque aucune des anciennes camarades d'Anne-Marie n'avait eu ce qu'elle continuait de considérer comme une bonne fortune. Elles avaient dû s'expatrier [6]. Quelques-unes avaient trouvé des places à La

---

1. *Un aspect de Gobelins ou de Sèvres* : Gobelins et Sèvres sont des manufactures royales datant du XVIIe siècle spécialisées réciproquement dans les tapisseries et la porcelaine; comparer la manufacture de maroquinerie aux Gobelins et à Sèvres est très valorisant.
2. *En enfilade* : les unes derrière les autres.
3. *Contremaître* : personne responsable d'une équipe d'ouvriers ou d'ouvrières.
4. *Manutentionnaires* : personnes qui s'occupent de déplacer les marchandises en vue de l'emmagasinage, de l'expédition et de la vente.
5. *Gringue* : faire du gringue, expression familière qui signifie chercher à séduire.
6. *S'expatrier* : quitter sa patrie – ici sa ville – pour s'établir ailleurs.

Ferté-sous-Jouarre, ou à Château-Thierry[1], mais alors, c'étaient des soixante kilomètres par jour, et la difficulté d'organiser sa vie. Les autres, enfin, Anne-Marie les croisait quelquefois dans la rue : elles baissaient les yeux, il leur fallait du courage pour répondre bonjour. Du temps des petites blouses et du saut à l'élastique, quelle confiance dans l'avenir, quelle insouciance[2] n'avaient-elles pas toutes partagées? Elles avaient maintenant des enfants – aux habits trop longs, ou trop petits – et prenaient en charge ceux des parents qui travaillaient. Elles évitaient d'aller au tabac quand il y avait du monde, pour s'épargner la honte d'acheter des cigarettes avec les pièces jaunes des fonds de poches. Et à la boulangerie, sur les bristols[3] quadrillés affichés à la caisse, c'était leur écriture malhabile qu'on reconnaissait : jeune femme sérieuse cherche baby-sitting, cherche des heures de ménage, vend mobilier acheté à crédit, et jamais payé, cherche n'importe quoi, et il n'y a rien. Le scotch jaunit autour du bristol. Un jour on le jette.

Non, Anne-Marie ni personne, à l'atelier, ne pouvait penser que le boulot fût pénible. Certains après-midi, cependant, quand un rayon de soleil traversait les petites vitres salies, et situées en hauteur pour éviter de distraire, on en voyait qui levaient la tête de leur métier. Un regret passait soudain dans leurs yeux, un regret dont elles n'auraient su dire de quoi il était composé – une vision de fleurs, de sable, de ciel dégagé, un rire d'enfant, le cri des martinets[4], l'été, quand ils tournoient au soir tombant dans une vieille

1. *La Ferté-sous-Jouarre* et *Château-Thierry* : petites villes de Seine-et-Marne et de l'Aisne à l'ouest de Montmirail.
2. *Insouciance* : absence de préoccupations et de soucis.
3. *Bristols* : petites feuilles de papier épais.
4. *Martinets* : oiseaux ressemblant aux hirondelles.

rue du Sud –, mais qui témoignait d'avoir rêvé, un jour, d'une autre existence. Elles revenaient à leur découpe en soupirant.

Une fois, quelques années auparavant, l'une d'elles avait explosé – Henriette, quarante-sept ans, troisième machine à partir de l'entrée. Sur une remarque du contremaître, pour une surpiqûre [1] peu soignée, elle avait demandé, tu te fous de moi ?

Personne n'avait jamais ainsi parlé au contremaître, qu'on voussoyait [2]. D'un bout à l'autre de l'atelier, on avait entendu le rythme des moteurs décroître. J'aurai bientôt trente ans de boîte, continuait Henriette, et sa voix grimpait d'un ton dans le ralenti de l'atelier, trente ans que du matin au soir, je pique des rabats et des courroies, regarde mes mains ! Elle s'était levée et les agitait devant l'homme comme si elle allait les lui flanquer à la figure. Regarde ces mains à qui je dois donner le bain, quand je rentre, tellement elles me font mal. Ces mains qui me réveillent dans le sommeil parce qu'elles continuent sans moi de tirer le fil et de plaquer la pièce [3]...

Quelqu'un, au fond, avait crié : vas-y ! D'autres ouvrières avaient quitté leurs tables. Trente ans ! répétait Henriette. À faire attention d'être à l'heure ! À ne pas gâcher les peaux [4] ! À économiser en prévision des vacances ! Tu as des enfants, dis ?

Trois, avait fait en reculant le contremaître. Les ouvrières, à présent, formaient bloc derrière Henriette.

Alors c'est toi qu'on appelait depuis l'école, quand l'un d'eux tombait malade, et qu'il fallait l'amener en

1. *Surpiqûre* : couture apparente d'un vêtement.
2. *Voussoyait* : synonyme de vouvoyait.
3. *Pièce* : ici le morceau de cuir.
4. *Les peaux* : le cuir.

catastrophe chez le médecin? C'est toi qui te relevais la nuit quand il criait? Et puis les heures supplémentaires pour combler les absences!

Ça m'est arrivé, se défendait-il, et il ne mentait pas.

Foutaises[1]! Henriette déchaînée disait à présent le fond des hommes, et le sort qu'ils réservent à leur femme, lorsqu'ils rentrent chez eux, vérifient d'un doigt négligent que la poussière a été faite, s'installent à table – si l'on n'a pas eu le temps d'effectuer des courses, claquent la porte et vont au restaurant.

Et tu me reproches une surpiqûre?

Ç'avait été un beau charivari[2]. Elles n'avaient pas touché aux travaux – trop de respect pour ça, mais elles s'étaient mises à chanter, et à danser follement dans la travée[3], lançant en l'air, comme au carnaval, les chutes[4] de cuir qui retombaient sur les métiers, partout. À la fin, juchée[5] sur une table, au contremaître réfugié dans le bureau en compagnie du comptable, Henriette avait montré son cul.

Le lendemain, en arrivant à la manufacture, elles évitaient de se regarder, ou de parler entre elles. Il leur semblait avoir été témoins d'un fait particulièrement honteux, ainsi d'un lynchage[6]. L'affaire s'était cependant arrêtée là, et n'avait pas eu de suite. Le contremaître n'était pas celui qu'Henriette avait imaginé. Elles en conçurent, toutes, de l'estime pour lui.

---

1. *Foutaises* : (familier) choses sans intérêt, insignifiantes.
2. *Charivari* : vacarme, tapage.
3. *Travée* : espace entre deux rangées.
4. *Chutes* : ce qui reste de tissu après une coupe.
5. *Juchée* : perchée.
6. *Lynchage* : violences collectives contre quelqu'un.

Mais des années plus tard, de la même façon qu'elles pouvaient devenir songeuses à la vision d'un rayon de soleil, là-haut, passant par le carreau sali, on en voyait qui bloquaient soudain l'aiguille, le regard au-delà de l'empiècement[1], une sorte de sourire sauvage aux lèvres.

On savait à quoi elles pensaient.

VI

Antonio prit l'habitude, de temps en temps, non seulement d'aller chercher Kevin à la sortie de l'école, mais aussi de le déposer, le matin. Le chantier d'hiver était achevé. Van Hamme avait trouvé un nouveau contrat, en plein Montmirail cette fois. Ce n'était plus la peine de se lever si tôt.

Il aimait particulièrement le moment de l'amener. On était en avril, à présent, et l'air semblait gorgé de fraîcheur, de frémissements invisibles, de promesses chuchotées. Quand Antonio se présentait dans le grand couloir où les enseignants rassemblaient leur classe, rasé de près, les cheveux lissés et parfumés, il ne craignait plus le regard de mademoiselle Chambon – ce lien entre eux, qu'aucun des deux n'aurait su nommer, et qu'il venait maintenant chercher, lui, sans clairement s'en rendre compte. Mademoiselle Chambon baissait les yeux la première.

S'il arrivait que ce fût le soir, en revanche, et bien qu'il fît dorénavant un brin de toilette dans un seau, avant de quitter le travail, il ne pouvait se défaire du sentiment d'être imprésentable, ou malpropre. Or, se

1. *Empiècement* : partie supérieure d'un vêtement, d'un sac.

demandait-il, pourquoi, ou pour qui, aurait-il fallu être présentable ? Il n'admettait pas une seconde que ç'aurait été pour Véronique Chambon. Ces soirs-là, pourtant, c'était lui qui baissait les yeux.

Quant à elle, lorsqu'elle avait commencé de comprendre qu'il viendrait plus souvent, elle avait tâché d'établir la fréquence de ses passages. Ce n'était pas de manière tout à fait consciente non plus : elle aurait prévu de mettre tel jour tel vêtement, un ruban dans les cheveux, un bijou fantaisie. Il avait récupéré Kevin le lundi soir, l'avait déposé un jeudi matin... De la semaine suivante, elle ne l'avait plus rencontré – puis à nouveau le lundi, matin et soir, cette fois. Et pareil le mardi.

À la cantine, un midi, elle essaya de mettre au propre, avec un papier et un stylo, l'emploi du temps d'Antonio. Quand elle vit, noir sur blanc, ce qu'elle était en train de faire, quand elle eut constaté, surtout, qu'elle se souvenait des dates, des heures, elle en resta comme effarée.

Il prenait sur lui maintenant, rentré à la maison, d'aider Kevin à faire ses devoirs. Cela se bornait [1] en général à l'écouter réciter ses leçons. Le savoir de son fils étonnait Antonio qui tâchait d'apprendre lui aussi, penché au-dessus du livre, épaule contre épaule, des mots, des chiffres, des dates.

Il lui arrivait quelquefois de se décaler un peu, et d'observer Kevin sans que celui-ci s'en doute. Son œil s'attachait à la bouche qui suivait le texte en silence, aux lèvres rouges et si peu marquées qu'elles paraissaient déteindre sur la peau alentour, comme lors-

1. *Se bornait* : se limitait, se réduisait.

qu'on mange des sucreries. Elles formaient une sorte de contraste avec les pupilles noires, plus haut, le front volontaire, les cheveux noirs également. On avait toujours dit que son fils lui ressemblait de façon frappante : il découvrait, dans ces moments-là, un autre petit garçon. Peut-être cette ressemblance avait-elle été jusque-là une excuse pour ne pas regarder Kevin. Il avait le sentiment, à présent, de le contempler comme si c'était la première fois.

Un dimanche, le temps était exceptionnellement doux, Anne-Marie avait un repas de famille, il insista pour garder Kevin auprès de lui. Il l'emmènerait dans une base de loisirs qui venait de rouvrir, avec des portiques, un minigolf, une pêche à la truite. Cela n'était pas dans ses habitudes; à la maison, l'on évitait de dépenser l'argent de façon inutile, et l'on considérait qu'aux beaux jours, le jardin, tout autour, faisait un terrain de jeux convenable.

Quand ils furent garés dans le parking où il y avait peu de voitures, Antonio se rendit compte qu'ils n'avaient pas prononcé un mot depuis leur départ. Il n'était même pas sûr, au fond, de lui faire plaisir. Ils étaient si peu ensemble, tous les deux, chacun se montrait gauche [1]. Ils se prirent par la main, un bref instant, sur le chemin de l'entrée. Ça n'était pas une bonne idée. Ils se lâchèrent avec une sorte de honte.

C'était un de ces endroits récemment aménagés, où des arbres en tiges attendent de grandir contre leurs tuteurs [2], où l'on voit des remblais [3] remués de fraîche date, autour de l'étang.

1. *Gauche* : maladroit.
2. *Tuteurs* : tiges de bois ou de métal, fixées dans le sol, qui soutiennent une jeune plante.
3. *Remblais* : masses de terre rapportées pour élever un terrain ou combler un creux.

On acquittait un droit d'entrée de vingt francs par famille. Certaines attractions étaient payantes. Ils se rendirent tout de suite à la pêche à la truite. Antonio n'en prit pas. Kevin en attrapa deux, qu'un employé pesa, avant de les mettre dans un sac en plastique. Cela parut le dérider[1].

Au minigolf, il rencontra un copain de classe. Antonio avait occupé une table, à la buvette déserte, et commandé une bière, un Orangina. D'ici, on voyait Montmirail, et la colline sur laquelle le bourg était juché, se découper sur le ciel bleu clair. Si l'on passait un doigt sur la table en bois ajouré[2], et quoiqu'elle eût paru propre, le doigt en ressortait collant.

Kevin revenait en courant du minigolf, buvait un coup d'Orangina, on aurait dit un sportif en pleine compétition, repartait ventre à terre. Une fois, Antonio l'entendit rire. Dans le même temps que cela le fit sourire, lui-même, il ne put s'empêcher de ressentir un petit pincement au cœur. Était-il jamais arrivé à tirer ça de son fils? Et ce petit camarade, si facilement…

Ils rendaient les clubs[3], se dirigeaient vers la table. Antonio commanda un second Orangina. Il reconnaissait le fils de Borniaud, avec qui il avait été à l'école, dans le temps, lui aussi, qui était entré ensuite au Crédit agricole, qui était devenu le sous-directeur de l'agence, et qui ne disait plus bonjour que du bout des lèvres, quand on le croisait en ville. Un type déjà un peu fat[4], à l'époque, comme s'il savait d'instinct qu'un jour, le destin ferait bien la part des choses, les banquiers d'un côté, les maçons portugais de l'autre.

1. *Dérider* : rendre moins soucieux, moins triste.
2. *Ajouré* : percé, orné de trous.
3. *Clubs* : crosses utilisées pour jouer au golf ou au minigolf.
4. *Fat* : qui est très satisfait de lui-même, vaniteux.

Son fils lui ressemblait, habillé solennellement, à moins que ce ne fût ce petit air de supériorité, ces joues en trop bonne santé. Il parlait avec une aisance calculée, donnant à Antonio du « M'sieur » un rien canaille [1] – mais c'est un enfant, pensait celui-ci, n'en veux pas aux enfants, jamais. Il regardait Kevin, qui était sous le charme – et cette expression soucieuse de ne pas plaire assez à Borniaud, est-ce qu'il ne lui était pas arrivé d'avoir eu la même, autrefois, à l'égard du père ?

On voyait un unique nuage rose traverser le ciel, puis disparaître derrière la colline. Quand Antonio demanda, ça va, avec la maîtresse ? les garçons échangèrent un clin d'œil.

Faut que je vous dise, m'sieur, fit le petit Borniaud, et il se penchait vers lui, comme pour le rendre complice, par avance, d'une histoire d'hommes, elle a des gros nichons. En classe, quand elle nous aide, on joue à les toucher, avec le coude. Elle se rend pas compte.

VII

J'ai fait ça d'un coup, sans réfléchir, très vite, j'ai dit, je voudrais remplacer une fenêtre dans mon appartement, enfin, celui que je loue – petit rire stupide de ma part –, je voudrais la remplacer par du double vitrage, Kevin me dit que vous avez monté toutes vos fenêtres en double vitrage, que vous savez très bien faire cela, mais n'allez pas croire – mon Dieu, l'énormité, alors, de ce qui se sait et qu'on ne dit pas, de ce qui se dit, et que l'autre ne sait pas, où met-on le

1. *Un rien canaille* : légèrement vulgaire.

pied? –, n'allez pas croire que je cuisine Kevin – nouveau rire stupide –, il est d'une nature, mettons, un peu solitaire – se retenir de dire : comme vous, je suppose? Il vient me voir à la récréation, oh, ce n'est pas qu'il vienne *me* voir vraiment, ce serait comme s'il était en retrait des autres, alors – alors quoi? Cesse de perdre les pédales, ma pauvre, le double vitrage. Alors il tourne un peu, nous parlons, de tout, de rien, c'est ainsi que j'ai su, pour le double vitrage.

Et ouf.

Antonio regardait ses pieds, les mains dans les poches, les épaules remontées, tandis que les derniers enfants s'évadaient de l'école, il répondait je ne sais pas, qu'est-ce que vous voudriez au juste?

Oh, l'envie de dire : tout.

Remplacer cette fenêtre. Elle laisse passer de l'air froid. Ou bien c'est le bruit de la rue – tellement silencieuse, la plupart du temps…

Elle s'enfonçait dans le mensonge. Déjà il relevait les yeux, soupçonneux tout à coup, ce n'est pas à vous d'entreprendre des travaux comme ceux-là, mademoiselle, votre propriétaire… Mais je lui ai parlé, ainsi qu'à l'agence – elle en aurait trépigné –, ils ne veulent rien savoir.

Dans le même moment qu'elle s'étonnait de la force avec laquelle elle pouvait raconter n'importe quoi, elle envisagea clairement, et pour les besoins de la cause, d'être capable de pire.

Mais bon, il était venu, il avait demandé à Kevin de l'attendre dans la voiture, il avait gravi l'escalier refait à neuf, au crépi [1] ocre, il avait touché à sa suite la

---

1. *Crépi* : revêtement de plâtre ou de ciment sur un mur.

rambarde[1] restée d'origine, au bois poli, usé. Véronique était troublée de le sentir dans son dos – les fesses à hauteur de ses yeux à lui, cependant elle était sûre qu'au même moment, il détournait les yeux, et c'était le cas, il s'efforçait de détailler le crépi en connaisseur – non parce que les fesses, donc, mais parce qu'il entrait dans son immeuble, et que cela lui paraissait incongru[2], ou inouï[3], comme dans ces rêves où des personnes qui ne devraient pas se rencontrer se réunissent pourtant, et dans un endroit familier… Elle songeait qu'il serait bientôt dans son appartement et qu'elle n'avait rien prévu. Le lit était défait. Au moins, est-ce qu'elle avait rangé son linge? Oui, se dit-elle. Elle fermait les yeux, ce serait trop d'humiliation. Et qu'est-ce qu'il reste à boire? Elle se rappela qu'elle n'avait pas fini un bon vin, acheté quelques jours plus tôt, pour aller avec une moussaka[4] qu'elle s'était mitonnée[5]. Cela lui donna le courage d'ouvrir sa porte avec un peu de gaieté, entrez. La fenêtre, c'est celle-là. Ce n'est pas dur : il n'y en a qu'une – nouveau rire, et qu'est-ce qui te prend? Je t'en prie, tiens-toi, tiens-toi.

Il regardait le violon dans son étui. Le violon «muet», à côté. Les livres en piles et les murs clairs. Un parfum ténu[6] et frais flottait dans l'appartement, quelque chose qui cachait, tout au fond, une note

---

1. *Rambarde* : rampe d'escalier.
2. *Incongru* : contraire aux usages, au savoir-vivre ; déplacé.
3. *Inouï* : extraordinaire, incroyable.
4. *Moussaka* : plat grec.
5. *Mitonnée* : soigneusement cuisinée.
6. *Ténu* : très fin, subtil.

capiteuse [1], et qu'il avait déjà respiré lorsqu'elle s'était approchée de lui, tout à l'heure. Chèvrefeuille ? Lui qui n'était pas grand se trouvait soudain trop lourd au centre de cette pièce. Ou déplacé. Il lui tournait le dos. Elle en profita pour retaper discrètement le lit.

Non, il ne voulait pas de vin. Il examinait à présent la fenêtre. Vous feriez mieux d'appeler une entreprise, mademoiselle, disait-il, vous auriez au moins un devis, et qui sait, sur présentation de la facture, si vous n'arriveriez pas à vous faire rembourser, ne serait-ce qu'une partie ? Elle, elle observait sa nuque, son cou tellement droit dans le contre-jour, ses épaules larges. Seigneur, l'envie de se nicher là-dedans.

Antonio – vous permettez que je vous appelle Antonio ? – vous ne savez pas ce que c'est.

Il s'était retourné.

Vous ne savez pas à quel point c'est difficile de faire appel à une entreprise que vous ne connaissez pas. Cela peut paraître stupide : c'est une histoire de confiance. Peut-être aussi, ajouta-t-elle, de timidité de ma part. Et puis ce serait le moyen pour vous d'avoir un peu d'argent au noir…

Il osait la regarder, elle n'éprouvait plus le besoin de rire nerveusement, il aimait ses yeux redevenus graves, elle se disait qu'il fallait faire quelque chose, tout de suite, pour casser ce lien entre eux.

Lui s'étonnait de pouvoir constater qu'elle avait des cernes, une peau presque diaphane [2], un visage aigu, des cheveux tirés, et, simultanément, de ne pas en tenir compte. Au contraire, la regardant, il pensait à l'été. Elle rirait, et les cheveux dénoués, tout autour d'elle, brouilleraient le soleil d'une fin d'après-midi.

---

1. *Une note capiteuse* : une odeur qui monte à la tête, qui produit une certaine ivresse.
2. *Diaphane* : très pâle.

Il disait, faut que je vous prévienne, ça va être un coup de trois mille balles. Ce n'est pas la main-d'œuvre – je la compte au plus bas. C'est la fenêtre, hors mesure [1].

Peut-être un petit peu moins, au fond – il regardait à nouveau ses pieds, les épaules remontées. On a une réduction, au magasin de matériaux. Avec un peu de chance, je pourrai la faire passer là-dessus…

Quand il fut parti, elle s'empara bravement de la bouteille de vin, et en but une rasade [2], à même le goulot. Trois mille balles. Ce n'est rien. J'emprunterai.

Et stop, de se mentir.

Cette fois, c'est clair, je suis amoureuse.

VIII

Le premier mai, à midi, Mahmoud était en train de remettre du charbon de bois sur les braises du barbecue, Anne-Marie dressait avec Kevin la table dans le jardin, il faisait un temps inespéré, Antonio remuait en cuisine des grillades dans leur sauce, Van Hamme débarqua. Il apportait un magnum [3] de champagne, un brin de muguet dans son pot. Pour vous, dit-il à Anne-Marie, avec un peu de brusquerie qui la toucha. Déjà il se reprenait, Mahmoud, espèce de vieille fripouille, tu bouffes à l'œil [4] chez les collègues?

1. *Hors mesure*: qui ne correspond pas aux dimensions standard.
2. *Rasade*: grande gorgée.
3. *Magnum* : grande bouteille d'une contenance d'un litre et demi.
4. *À l'œil*: (familier) gratuitement.

Antonio sortait de la maison en s'essuyant les mains à un torchon, bonjour patron. C'est gentil, le champagne. Vous restez manger avec nous? Juste l'apéro, disait Van Hamme. On m'attend, on m'attendra, amène donc des coupes.

Il s'asseyait d'autorité, comme à l'habitude, dans un fauteuil en plastique, à la proue [1] de la petite terrasse. Le carrelage de celle-ci avait encore l'aspect du neuf, il manquait aux joints, restés blancs, le temps de la patine [2]. On voyait, dans la petite pente gazonnée qui s'étendait, devant, jusqu'à une haie de jeunes lauriers-cerises, des restes de gravats [3] échappés au râteau, morceaux de plâtre déjà verdis, cailloux de grève. Par endroits, la terre argileuse des fondations, et que la pelle n'avait pas pu racler à fond, formait des taches plus claires.

Antonio, ni Mahmoud – qui tournait maintenant le dos avec ostentation [4], là-bas – n'avaient demandé ce qui motivait le magnum. Le patron et Mallard ne se gênaient plus, au chantier, pour évoquer les affaires du parti. Et le parti fournissait parfois, à travers quelques-uns de ses membres, une aide pour des extra [5]. Un coup était prévu la veille. Il avait dû réussir.

Viens ici, disait Van Hamme à Antonio qui apportait des verres, viens t'asseoir à côté de moi. Il tirait un

1. *Proue* : partie avant d'un navire; ici désigne l'avant de la terrasse.

2. *Patine* : aspect et couleur que prennent les objets avec le temps.

3. *Gravats* : débris provenant d'une démolition ou d'une construction.

4. *Ostentation* : attitude de celui qui cherche à se faire remarquer; contraire de discrétion. L'attitude de Mahmoud prouve son opposition à Van Hamme.

5. *Extra* : tâches ou travaux supplémentaires.

fauteuil au bord du sien. Quand Antonio y fut – j'ai de bonnes nouvelles, lui dit-il à l'oreille, je vais devenir responsable [1]. Au niveau régional. Tu comprends?

Félicitations, patron.

Arrête de te foutre de ma gueule. Je ne suis pas venu entendre ça. Tu sais très bien pourquoi je suis là. J'ai besoin de quelqu'un comme toi, Antonio.

Il y a eu du pétard [2], la nuit dernière. On s'en est sorti, mais ç'aurait dû être sans risque. La faute à Mallard. Il a fait du zèle [3].

À trente kilomètres d'ici, un parking, à côté d'une gare. Ce parking est gratuit. Et tranquille, ce qui n'arrive plus guère. Les gens y déposent leur voiture le matin, pour prendre la ligne de Paris. Certains reviennent tard le soir, par le dernier train. En cinq ans, du fait de l'extension de la banlieue, le nombre de voyageurs a quasiment doublé. Jusque-là, tu me suis?

Antonio hocha la tête.

Avec quelques amis – marchands de biens [4], une société de gardiennage, un ou deux petits patrons comme moi –, nous avons eu envie d'investir nos billes là-dedans. Avec tout ce qui se passe de nos jours, le moment viendrait fatalement d'agrandir l'endroit, de le protéger, et surtout, de le rendre payant. Bien sûr, ce n'est pas facile, il faut l'assentiment de l'administration, des élus locaux, et surtout du public. Mais les voyous nous aident, Antonio, ils ne se rendent pas

---

1. Van Hamme va prendre de nouvelles responsabilités dans l'organisation du parti.
2. *Il y a eu du pétard* : expression familière qui signifie qu'il y a eu de la bagarre.
3. *Il a fait du zèle* : l'expression « faire du zèle » signifie montrer un empressement excessif à faire quelque chose, en faire plus que ce qui est demandé.
4. *Marchands de biens* : personnes qui travaillent dans l'immobilier.

compte. Qu'ils terrorisent trois pauvres connards, et c'est une population tout entière qui paierait des deux mains pour sa sécurité [1].

Seulement, là, nous sommes tombés sur un os de taille : pas de voyous. Explique ça comme tu peux… Des morveux [2] propres sur eux. Des enseignants. Et dans les HLM, des saletés de familles unies et travailleuses. Dans le parking, à part quelques rétroviseurs, des antennes cassées : rien. À peu près comme le nombre d'inscrits au parti, là-bas, quand j'y pense…

Anne-Marie venait d'apparaître sur la terrasse, et regardait Antonio avec un air interrogateur. Était-ce le moment de servir à boire? Van Hamme la renvoya d'un geste de la main, ainsi de quelqu'un qu'on gêne dans le déroulement de sa pensée.

Tu devines ce qui s'est passé hier soir. J'avais pris une rangée par un bout, Mallard attaquait par l'autre. Dans mon esprit, il ne s'agissait que de piquer quelques autoradios, casser des vitres, éviter les gros modèles et ceux qui ont des alarmes. À peine le temps de lever la tête, ce crétin avait flanqué le feu à deux Mercedes.

Antonio leva les yeux en direction de Kevin qui tournait autour de la maison sur son vélo. C'est dégueulasse, fit-il, je vous le dis tout net.

Bon, Antonio, je vais reprendre autrement. J'ai tout mon temps. Tu sais à quel point j'aime bien fourrer mon nez, les beaux matins de premier mai, dans

1. Van Hamme apparaît ici comme un homme profondément malhonnête n'hésitant pas à commettre des actes violents de délinquance profitables à ses affaires et à même de convaincre les victimes de ces délits de voter pour son parti dont l'idée centrale est la sécurité des citoyens.

2. *Morveux* : terme injurieux qui désigne des personnes jeunes qui prennent des airs d'importance.

ma comptabilité, n'est-ce pas? Le ciel est clair, les oiseaux pépient[1], ma femme m'a préparé le café avant d'aller se recoucher, dame! elle est rentrée encore plus tard que moi, quant à mes fils, ils regagnaient leur chambre à l'aube, je les ai entendus. Les conditions sont idéales pour se dire qu'on a raison de travailler. Là, au moins, tout est droit, carré, TVA, Urssaf[2], factures... Au fait, rassure-moi, on fait bien du ravalement[3], en ce moment? Donc : crépi, peintures?

Il tirait de sa poche un papier plié. Antonio reconnut immédiatement, par transparence, l'en-tête[4] du magasin de matériaux.

L'ayant défroissé, Van Hamme lisait, une fenêtre deux battants, double vitrage, 72 x 160 – mazette[5]! du hors mesure en plus! – poignée fournie. Quatre pattes de scellement[6].

Vous devriez mieux lire, patron. C'est marqué en énorme, je le vois d'ici, « payé ».

Van Hamme, avec une sorte d'indolence[7], repliait le papier, le remettait dans sa poche. Tu me prends vraiment pour un con, Antonio. Ce que je te reproche, c'est de faire un petit « noir[8] », un noir

1. *Pépient* : poussent de petits cris.
2. *TVA* : taxe à la valeur ajoutée, impôt sur les produits de consommation; *Urssaf* : organisme qui s'occupe des cotisations sociales que chaque employeur paie pour ses employés.
3. *Ravalement* : opération qui consiste à refaire la façade d'un immeuble ou d'une maison.
4. *En-tête* : ce qui est imprimé en tête d'une lettre, d'une feuille.
5. *Mazette* : exclamation qui marque l'étonnement ou l'admiration.
6. *Pattes de scellement* : attaches de fer qui permettent de fixer quelque chose.
7. *Indolence* : mollesse.
8. *Faire un petit « noir »* : expression qui signifie faire un travail au noir, sans le déclarer et sans payer de taxes.

minable, tu passeras un week-end là-dessus pour gagner cinq cents francs, même pas cinq cents francs, je le vois à ta tête. Et ainsi toute ta vie, tu traîneras des petites idées de petit maçon portugais.

Mais tu es lent, Antonio, un jour tu viendras avec moi – il l'observait par-dessous ses paupières mi-closes, un jour, tu en auras marre de ta petite vie de merde, d'être obligé de compter pour acheter une meuleuse, et c'est qu'il y a les emprunts! Marre d'être le seul à tenir chez Van Hamme, à l'exception de Mahmoud-la-chèvre et Mallard-le-taré, marre du salaire que je te file, marre qu'Anne-Marie se cogne la manufacture semaine après semaine, et jusqu'à quand?

Un jour, Antonio, tu voudras me tutoyer.

En attendant – Van Hamme tirait de sous sa chemise, cette fois, un paquet sommairement enveloppé de papier bulle, le tendait à Antonio – c'est pour toi.

Qu'est-ce que c'est? demanda Antonio.

Un autoradio. Un cadeau. C'est le seul que tu mérites. Il ne m'a rien coûté.

IX

Elle avait disposé quelques journaux par terre. Cela le fit rire. Mademoiselle, mademoiselle… Il déplia les bâches de toile épaisse qu'il tenait sous son bras et les plaça par-dessus. Il avait monté un seau plein d'outils d'homme, des burins, une massette, de longues truelles[1], l'usage les avait blanchis et polis, le fer rouillé ressortait en dessous comme la terre nue sous un peu de neige, elle avait envie de les toucher,

1. *Burins, massette, truelles* : outils utilisés dans la maçonnerie.

de passer le dos de sa main sur l'usure des manches, bon, dit-elle, je vous laisse, j'ai des courses à faire.

Elle n'avait pas de courses à faire. Quand elle se retrouva dans la rue du Docteur-Farny, elle s'engagea résolument en direction de la pharmacie, il l'observait peut-être depuis là-haut. Parvenue au bout, elle ne sut plus quel chemin prendre.

Véronique Chambon ne s'était jamais promenée dans Montmirail. Seul le devoir d'aller dans tel ou tel endroit l'amenait à sortir. La province a vite fait de médire [1]. Elle pensait que pour éviter d'être mal vue, mieux valait ne pas être vue du tout. Et puis on rencontrait des parents. Certaines mères inoccupées, qui n'avaient pas parlé le jour durant, vous coinçaient sur le pas de leur porte, et ne vous lâchaient plus.

C'était un de ces très beaux matins lavés de soleil, quand on ne sait quel éclat de joie brille dans les coins des maisons, sous la gouttière, dans le géranium sorti en balconnière. Ce qui a paru alors si triste, ou bien qu'on n'a pas vu, vient au jour avec une sorte de malice.

À Troyes, ailleurs, elle aurait été s'asseoir à la terrasse d'un café. Mais ici, est-ce que cela se faisait ? Elle haussa les épaules. Eh bien, cela se ferait. En passant devant la Maison de la presse, elle acheta cependant un magazine féminin, pour se donner une contenance [2].

L'unique établissement à sortir des chaises se trouvait sur la grand-place. Elle fut rassurée, en y arrivant, d'y voir un couple de touristes, une carte routière étalée devant eux. Elle commanda un thé. On le lui

1. *Médire* : dire du mal de quelqu'un.
2. *Se donner une contenance* : faire quelque chose de façon à dissimuler sa gêne, son trouble.

amena avec la gaucherie [1] de qui n'est pas habitué à servir autre chose que du rouge, et surtout pas un thé.

Son assurance la quittait peu à peu. Elle avait commis une bévue [2], elle s'en rendait compte à mesure qu'elle s'enfonçait dans les pages de son magazine, des pages qu'elle ne lisait pas, un magazine stupide. La grand-place était entourée par deux banques, un supermarché, et la plupart des commerces de Montmirail. Des agriculteurs endimanchés, la chemise boutonnée jusqu'au col, serraient des pochettes dont le contenu irait sur leur compte. Des adolescents s'ennuyaient à mourir, assis sur des Mobylette, une main à la hanche, et l'autre au guidon. De vieilles femmes, penchées par des fenêtres ouvertes en rez-de-chaussée, continuaient d'attendre on ne savait quoi et qui ne viendrait jamais.

Chacun avait un regard pour elle. Long. Appuyé. Déjà les touristes repliaient leur carte, demandaient l'addition avec l'aisance, ou le mépris, de ceux qui ne font que passer. Trois jeunes filles empruntaient la travée entre les tables et gagnaient directement l'intérieur du café, non sans lui avoir jeté un bref coup d'œil. Toutes trois fumaient avec des gestes rapides. Elles avaient l'air de partager un secret. Un instant, Véronique les envia.

Elle se surprenait à tout noter, elle-même, mais par en dessous, le modèle d'une voiture qui se garait, la couleur d'un blouson, et cela ajoutait à son inquiétude. Oh, comme elle aurait voulu être brave ! Regarder en face et supporter d'être vue.

Parmi les commerces, la vitrine d'un coiffeur pour dames montrait des modèles de coupes « jeunes » et « dynamiques ». De ces crèmes, aussi, de ces lotions

---

1. *Gaucherie* : maladresse, manque d'aisance.
2. *Bévue* : grossière erreur.

dans des flacons roses ou jaunes, et avec lesquelles il est si agréable de jouer à être belle. Elle se redressa. Oui, voici ce qu'elle ferait, elle traverserait la place fièrement, ne craignant plus de mettre sa poitrine en avant. Elle entrerait et réclamerait un shampooing, une coupe. On s'occuperait d'elle. Elle ressortirait transformée.

Ça vous va bien, dit-il. Il était assis sur ses talons, à l'arabe, genoux écartés, et remuait à l'aide d'une cuiller le contenu d'une gamelle qu'il avait posée sur la bâche. Je me suis permis, dit-il encore, il montrait une casserole fumante, au-dessus d'un petit réchaud, et dans laquelle il avait cuit son déjeuner au bain-marie. L'ancienne huisserie [1] était déjà à terre, il avait ménagé l'emplacement des nouvelles pattes de scellement. Du ciment frais attendait dans l'auge [2].

Je comptais vous faire à manger, dit-elle. Ses cheveux étaient coupés court, du moins pour elle, qui les avait toujours portés longs, ou relevés en chignon. Ils affleuraient à présent la ligne de sa mâchoire, remontant un peu sur les joues, elle avait demandé une teinture qui les rendait d'un noir luisant, ça vous va bien, répétait-il sans plus la regarder, il plongeait des petits morceaux de baguette dans sa gamelle, les contemplait au bout de ses doigts avant de les déguster longuement, on aurait dit de ces gens qui ont été affamés, et à qui l'on impose de mastiquer avec lenteur. Il prenait le jus des aliments, il savourait le goût du pain.

---

1. *Huisserie* : montants qui entourent une ouverture (porte, fenêtre...).
2. *Auge* : récipient dans lequel les ouvriers mettent le plâtre, le mortier.

Quelque chose, au fond d'elle, demandait de s'activer, de faire du bruit, ou de parler de n'importe quoi – elle allait puiser, cependant, dans une sorte de courage afin de pouvoir l'observer sans rien dire, afin de s'immiscer[1] dans la paix d'un homme qui mange, et pour qui chaque bouchée compte, parce qu'il a travaillé, et que le corps réclame. Dans les sillons de ses mains, aux jointures des doigts, un peu de plâtre demeurerait à vie. Elle le devinait soyeux, comme à la surface des outils qu'elle aurait aimé toucher.

Le dessert : trois figues sèches dans du papier suiffé[2]. Il se tourna vers elle pour lui en proposer une, qu'elle refusa dans un geste absent. Le papier crissait comme s'il avait enfermé des fruits de grande valeur. Regardant Antonio mordre dedans, elle avait des visions de jardins, de caves fraîches en été, d'ombre sous les tilleuls, de rivières.

Ils ont éprouvé un sentiment de maladresse, elle parlait trop vite, il ne trouvait pas ses mots. Jamais, en revanche, la parole ordinaire n'a été chargée de combler les failles. D'aplanir ou d'affadir. À présent, le silence ne les effraie plus. Au cœur de cet après-midi de soleil, il les ajuste – il continuera de les ajuster, songe-t-elle, on n'arrive à ce point que pour passer à autre chose. Ainsi de cette bulle qu'Antonio a placée pile entre les deux traits du niveau[3] : la nouvelle fenêtre sera droite, il va pouvoir maçonner.

Allongée au milieu de coussins, la joue au creux d'une main, les jambes repliées sous elle, elle lit, et ne

---

1. *S'immiscer* : intervenir de façon gênante ou déplacée.
2. *Suiffé* : enduit de suif, c'est-à-dire de graisse animale.
3. *Niveau* : instrument servant à vérifier l'horizontalité ou la verticalité d'un plan.

fait pas semblant de lire. C'est un vieux roman, dans une édition défraîchie. Mais qu'il la passionne, voilà bien l'étonnant. Elle devrait être troublée, pour le moins distraite. Elle ne parvient qu'à s'installer dans une paix inhabituelle, où chaque objet trouve sa place, quand le temps ralentit jusqu'au battement qui marque les secondes.

Même le crissement de la truelle, maintenant, qui jointoie[1] le bois au mur, étalant le ciment, n'abîme pas le silence. Cela fait un bruit de vague qui avance sur le sable. Elle lirait en bord de mer.

Lui, il a de la joie dans son geste. Cette espèce de grâce, quand la main prend le pas sur l'esprit – quand l'esprit, se rendant compte avec retard du travail de la main, félicite celle-ci : tu n'as pas bavé[2], tu ne t'es pas appliquée pourtant, tu as choisi le bord exact de la truelle, tu n'as pas eu à t'y reprendre… D'où te vient ce savoir que je serais moi-même en peine d'expliquer ?

Il reculait, jugeant de l'effet. Un peu de plâtre fin, et ce serait achevé. Il avait fait un boulot impeccable.

Il avait posé – quoi ? une centaine de fenêtres, peut-être, dans sa vie. La goutte[3] de cinq millimètres, et le rebord, quand il y en avait, coffré[4] au moule. Mais cela ne signifiait rien. Il avait fallu la cent unième, songeait-il, pour connaître la sensation de la perfection. Cela tenait à peu de choses, quel œil non averti aurait remarqué qu'il y avait de l'art là-dedans ?

---

1. *Jointoie* : du verbe « jointoyer », poser les joints.
2. *Tu n'as pas bavé* : tu as fait en sorte que les joints ne coulent pas.
3. *Goutte* : terme technique utilisé dans la construction.
4. *Coffré* : inséré.

De l'art.

Il se rappela cette exposition de peintures, à la mairie – un peintre de la Marne, par quel biais avaient-ils reçu une invitation au vernissage[1], Anne-Marie et lui? Ils s'y étaient rendus dans des habits de fête. Sur un lutrin[2], dès l'entrée, un livre d'or recueillait les impressions des visiteurs. Au milieu des jugements trop élogieux, il avait lu ceci :

« Ce que j'aime par-dessus tout, dans l'exposition, c'est la moquette. Normal. C'est moi qui l'ai posée. »

Antonio aussi avait admiré la moquette.

Vous savez ce qui me plairait? demanda-t-il.

Une bière? Un alcool? Elle levait les yeux de son livre. Elle avait attendu ce moment. Elle n'avait rempli le Frigidaire, deux jours auparavant, qu'en prévision de ça.

C'est stupide… Il souriait. J'ai presque fini, et je pensais… Ce serait un air… Enfin, vous n'appelez peut-être pas ça un air… Il montrait le violon. Je n'ai jamais vu ça qu'à la télévision.

D'accord, dit-elle.

Elle ne travaillait plus, depuis des années, que sur le violon muet. Bon, dit-elle encore, tandis qu'elle resserrait le crin de l'archet, et, dans le même temps qu'elle vérifiait la tenue sous le menton, accordait l'instrument, oui, je vais vous jouer quelque chose.

Quand il partit, en fin d'après-midi, elle tira d'une pile de livres une minicassette et la lui offrit.

1. *Vernissage* : réception qui marque l'ouverture d'une exposition d'art.
2. *Lutrin* : pupitre.

Elle l'avait enregistrée, dans le temps, lors d'une diffusion sur France-Musique. Sur la boîte, tracé de sa belle écriture scolaire, on pouvait lire Bartók[1], sonate pour violon seul. Elle venait de lui en interpréter un morceau – pas la chaconne[2], cependant, et pas l'adagio[3], trop difficiles.

Lorsqu'il eut fini de ranger ses outils dans la voiture et qu'il s'assit au volant, il la glissa dans l'autoradio.

Deux ou trois kilomètres seulement le séparaient de chez lui. Au moment où il reconnut le passage qu'elle avait joué, un petit chemin de terre s'ouvrait à droite de la route. Il s'y engouffra.

C'était un de ces sentiers dont même les cadastres[4] ne gardent pas la trace, et qui ne servent qu'à amener les tracteurs un champ plus loin. Il n'aboutissait à rien, c'est-à-dire au sommet de la colline, d'où l'on pouvait voir, au-delà de l'étendue du blé qui commençait à se former, Montmirail.

Le vent ridait le blé comme de l'eau. Montmirail, d'ici, tenait dans la main, une cité fragile, tout à coup, flanquée[5] sous tant de ciel bleu. Il rembobina la cassette, moteur à l'arrêt cette fois, appuya sur « play » quand il jugea qu'il y était. Augmenta le volume.

Plus tard, souvent, il reviendra au bout de ce chemin. Le blé mûrira, des orages auront créé des verses[6] dans les épis. Puis, la moissonneuse passée, ce sera sur

---

1. *Bartók* (Béla) : compositeur hongrois (1881-1945).
2. *Chaconne* : morceau de musique au rythme lent d'une danse espagnole.
3. *Adagio* : morceau de musique lente.
4. *Cadastres* : documents administratifs sur lesquels sont enregistrés le découpage d'un territoire (chemins, propriétés...).
5. *Flanquée* : ici, écrasée par le ciel.
6. *Verses* : voir la note 1, p. 16.

les chaumes[1] que planera la sonate pour violon seul, toutes portières ouvertes, tandis qu'il verra les cheveux courts et noirs effleurer l'instrument, enfin ce sera sur la terre nue, remuée à grosses mottes, épaisse, huileuse presque, des corbeaux s'y abattront, mais là, ce sera l'hiver, et la chape[2] posée sur le souvenir de mademoiselle Chambon regardant comme lui les champs en juillet, Montmirail, au loin, s'allume, la nuit tombe.

X

Tiens, dit Anne-Marie, qu'est-ce que c'est? Elle venait de trouver la boîte, Bartók, drôle de nom, qui est-ce?

Laisse, fit-il. Tout en conduisant d'une main, il remettait la cassette au-dessus de l'autoradio. Trop long à expliquer, fit-il encore.

C'est la maîtresse de Kevin, n'est-ce pas?

Il ralentit, le temps de la regarder en face – oui.

Dis-moi, beau maçon portugais – Anne-Marie s'était détournée en direction des grands empiècements jaunes de colza[3] qu'on voyait défiler le long de la route et que le vert de l'orge[4] voisin, en cette saison, faisait ressortir davantage –, est-ce que cette charmante maîtresse et toi…

---

1. *Chaumes* : tiges de céréales qui restent en terre après la moisson.
2. *Chape* : couvercle; au sens figuré quelque chose qui recouvre et étouffe quelque chose.
3. *Colza* : plante cultivée pour ses grains fournissant une huile comestible.
4. *Orge* : sorte de céréale.

Il ralentit encore pour dire non, seulement non. Anne-Marie étirait à présent la nuque contre le dossier de son siège, au fond, elle n'avait demandé cela qu'avec cette sorte d'humour qu'elle avait parfois, et qu'il aimait, cette élégance inattendue, cette manière de rendre toute chose peu importante – pourvu, cependant, qu'on dise la vérité.

Au reste, elle était comme ça depuis quelques jours – capable d'interroger Antonio à l'heure où, Kevin étant couché depuis longtemps, l'on éteignait les lumières, l'on fermait la maison : lorsque je serai vieille, Antonio, et si nous sommes encore ensemble, tu m'avertiras quand je me mettrai à déconner? Tu sais, à raconter deux fois les mêmes histoires, à ennuyer le monde avec des problèmes stupides et des maladies inventées? Car je serai ainsi, Antonio, je le sens.

Grave, il répondait, c'est entendu, je m'en souviendrai. Alors elle se plantait devant la baie vitrée et, elle qui ne fumait pas, tirait soudain une blonde d'un paquet récemment acheté, soufflait avec désinvolture des bouffées à la figure de son reflet, dans la vitre, une main sous le coude, le pied tapant la mesure d'une musique inconnue – comme si elle attendait.

Il était d'usage, le samedi matin, et si le chantier ne pressait pas, qu'ils aillent faire tous deux les courses au supermarché, en profitant de ce que Kevin eût école. Ce jour-là, cependant, elle lui avait demandé de la laisser à l'autre bout de la ville. Elle avait rendez-vous chez le médecin – une affaire de femme, avait-elle dit en lui tapotant le genou. Elle arborait[1], encore une fois,

1. *Arborait* : affichait ouvertement.

cette expression particulière, tellement sérieuse, qui était destinée à le faire sourire, lui et lui seul, personne d'autre ne pouvait comprendre. Il irait au supermarché sans elle. Elle avait fait une liste.

Il y avait foule, tous les samedis matin, dans le grand magasin, au point que celui-ci aurait pu fermer le reste de la semaine. L'œil étranger n'aurait pas remarqué la cérémonie hebdomadaire qui s'y déroulait : sous prétexte de refaire des provisions, on échangeait quelques mots avec telle caissière, en compagnie de qui l'on était naguère à l'école. On reconnaissait des gens entre les gondoles [1]. Parfois, des membres éloignés de la famille. On prenait des nouvelles. La file d'attente, au rayon boucherie où l'on délivrait des numéros, n'était pas due à la lenteur du service, mais à la nonchalance [2] des clients, qui abandonnaient tout à coup leurs vues sur le quartier de bœuf pour se plonger, bras croisés, faisant cercle, dans la longue recension [3] des incidents au village voisin – vie, morts, deuils, naissances, déménagements. Des mères accompagnaient leur propre mère. Des hommes soulevaient leur casquette, se grattaient le front d'un geste machinal. Ils avaient des mains mal faites pour saisir le pot de moutarde, le paquet de pâtes – trop grosses, gourdes [4], et, le temps de placer l'objet dans le chariot, comme prises en faute. On sentait qu'elles n'étaient à l'aise, ces mains, qu'avec la pelle, ou le soc [5] qu'on arrime [6], l'hiver, à la charrue.

1. *Gondoles* : sorte de présentoirs utilisés dans les supermarchés.
2. *Nonchalance* : manque d'énergie, de vivacité ; lenteur.
3. *Recension* : sorte de récit récapitulatif.
4. *Gourdes* : engourdies, peu agiles.
5. *Soc* : partie de la charrue qui s'enfonce dans la terre et la découpe en bande.
6. *Arrime* : fixe.

Antonio, sans le rempart d'Anne-Marie, baissait les yeux, évitait de croiser des regards. Ce n'était pas qu'elle fût bavarde – au contraire, elle avait le chic pour résumer en quelques mots ce que d'autres femmes mettaient une heure à dire, puis pour prendre congé non sans une espèce d'élégance, une aptitude innée[1] pour la « sortie » –, mais elle avait cette curiosité que ne possèdent pas les maris, de savoir si s'est achevée la fièvre du petit dernier. Faute d'être aussi attentifs, comme leurs mains, les hommes se sentent malhabiles. Il en croisait certains, dans les allées, qui faisaient mine aussi de se concentrer sur leur liste de courses. Ce regard qu'ils échangeaient alors, brièvement, plein de compréhension.

Il avait rejoint Anne-Marie au moment exact où celle-ci sortait du cabinet du docteur, elle avait claqué la portière côté passager, inspiré longuement en direction de la garniture au plafond, pris une blonde, et, sans l'allumer, l'avait jetée aussitôt par la vitre. Antonio, je ne sais pas comment t'annoncer ça, c'est merveilleux, et en même temps inattendu. Je suis enceinte.

XI

Le chantier ne donnait pas dans une rue fréquentée, mais mademoiselle Chambon s'était renseignée. Elle y passa.

Le printemps ne cessait pas d'être généreux, comme s'il avait fallu en rajouter pour effacer la

1. *Innée* : qui existe dès la naissance, naturelle.

rigueur de l'hiver. Ce qu'on avait pris pour du bois mort, le long des façades, près des portes, montrait à présent des feuilles d'un vert enduit de vernis, et des roses. Les jardins à l'abandon bruissaient d'une vie intense et mystérieuse sous les hautes herbes. À la périphérie de la ville, si l'on s'élevait sur la pointe des pieds pour tâcher d'apercevoir au-delà des murets, on découvrait un transat [1] à l'ombre de pommiers en fleur, des brouettes chargées de transporter quelques outils, un arrosoir, un cordeau fabriqué avec deux plantoirs et de la ficelle à colis.

Mademoiselle Chambon portait une robe légère, des souliers plats. Par précaution, elle avait noué un pull autour de ses épaules. Plusieurs hommes s'étaient retournés sur son passage. Ce n'était pas qu'elle fût belle, mais il y avait une grâce enfantine en elle, et qu'accentuait encore le temps qu'il faisait. Certains jours, nous sentons que le ciel est dégagé aussi au-dedans de nous, cela nous rend, à notre insu, et en quelque sorte, lumineux. Mademoiselle Chambon, pour plusieurs hommes attentifs, avait été à l'image de la fin du mois de mai, quand il promet juin.

Antonio, Mahmoud et Mallard achevaient de crépir le rez-de-chaussée. Un manœuvre de seize ans – un « apprenti » avait spécifié Van Hamme à l'agence de placement [2], parce qu'on paie moins les apprentis que les manœuvres – démontait l'échafaudage. Véronique dit bonjour comme si elle empruntait obligatoirement cette rue pour rentrer chez elle et qu'Antonio y fût, tiens, par hasard. Bonjour, répondit Antonio. Il lâchait l'auge, s'essuyait en hâte les mains sur sa cotte, com-

1. *Transat* : chaise longue de jardin.
2. *Agence de placement* : agence qui procure un emploi à quelqu'un, qui le place dans une entreprise.

ment allez-vous ? Il y avait à nouveau ce silence entre eux, qui était mieux que de parler.

C'est le printemps, dit-elle enfin, tout en songeant que, fin mai, ce n'était plus une nouvelle.

Il s'était approché, et c'était pour cacher avec un dos qu'il aurait voulu plus large le chantier, l'échafaudage, le crépi, les ouvriers, ce qu'il pressentait de salissure. Elle, elle aurait voulu inventer que sa fenêtre fermait mal. Elle ne parvint qu'à s'excuser, j'ai des courses à faire.

Quand elle fut partie, avec sa robe, ses petits cheveux courts qui s'envolaient dans le vent, salope, dit Mallard. Midi approchait. Une vraie salope, ta copine, reprit-il tandis qu'il se lavait les mains au seau, et avant d'aller manger. Le manœuvre descendait un ultime bastaing[1] au bout d'une corde. Mahmoud nettoyait les outils. C'est vrai, quoi, tu as vu comment elle regarde les hommes ? Elle en veut, elle a soif. Je te la mettrais entre les seins, moi. Et puis dans le cul.

Entre les seins, d'abord.

Antonio avait frappé d'instinct, sans calculer. La volonté de faire mal lui était venue ensuite, à la vue du grand corps de Mallard allongé parmi les auges et les bâches, stupéfait. Il se rendit compte qu'il était en train de lui démolir la figure à coups de pied quand Mahmoud le tira en arrière, arrête, tu vas le tuer.

Déjà, des clients d'un café voisin accouraient. J'ai tout vu, disait l'un d'eux en aidant Mallard à se relever, si vous voulez, je peux témoigner.

Ne vous mêlez pas de ça, fit Mallard. Il s'essuyait jusque dans les cheveux à l'aide du T-shirt qu'il portait, l'affolement du petit groupe qui commençait à se former sur le trottoir jurait avec son impassibilité, il

1. *Bastaing* : pièce de bois utilisée dans la construction.

aurait tout aussi bien pu continuer de se laver au seau – ou n'avoir pas le nez cassé. Le T-shirt était repeint en rouge.

Barrez-vous, disait-il. À Antonio : Ne te fais pas de souci, mon garçon, dans un mois, dans un an, mais je te rembourserai.

XII

Anne-Marie tenait son fils contre elle, les mains sur ses épaules, dans un mouvement doux et protecteur. Véronique Chambon achevait de réunir quelques affaires, des livres, qu'elle mettait dans un cartable usé, et qui datait des années où elle était elle-même de l'autre côté du bureau. Anne-Marie avait voulu la rencontrer pour faire le point sur Kevin, mais il n'y avait pas grand-chose à dire sur lui, c'était un élève doué – peut-être trop effacé, avait estimé l'institutrice, sans qu'on sache s'il ne s'agissait pas là d'un regret de pure forme, et qui aurait constitué au contraire, pour elle, une qualité.

Elles gagnèrent ensemble le portail de l'école. C'était un mardi soir, il n'y aurait pas classe demain, les oiseaux, dans les platanes de la cour, faisaient entendre un vacarme assourdissant, ce temps merveilleux semblait ne jamais finir, on avait le sentiment que cette petite brise tiède, qui se glissait dans les chemises à manches courtes, et rendait le pays comme lavé, avait toujours été là. Vous allez dans quelle direction ? demanda Anne-Marie, on pourrait faire quelques pas ensemble.

Plus tard, Véronique tâcherait de se rappeler qui avait parlé la première. Peut-être elle, au fond. Et puis que s'étaient-elles dit ? Des mots sans importance, de ces paroles qui s'éteignent seules, mais qu'y a-t-il, tout à coup, en elles, pour fonder le calme, l'attention à l'autre, une paix chaleureuse et très simple ?

Anne-Marie découvrait que dire « mademoiselle Chambon » allait mal à Véronique, et que ce prénom était un joli prénom. Véronique était intriguée par cette mère qui ne ressemblait pas aux autres. On aurait pu la prendre de prime abord, pensait-elle, pour n'importe laquelle de ces jeunes filles de Montmirail, engrossées[1] trop tôt, travaillant en usine, à la beauté vite fanée tant elles se cognent à la vie, endurcies comme des vieillards ne le sont pas. Elle voyait subitement de l'élégance, un charme qui durerait.

Anne-Marie souriait, elle disait, vous habitez la rue du Docteur-Farny ? Regardez là, juste là, au bout, le bâtiment, près de l'église, c'est ici que je bosse. Je ne savais pas, fit Véronique. On est voisines, alors.

Elles rirent. Elles ignoraient pourquoi elles riaient. C'était de complicité, c'était ce « on »... Vous voulez que je vous fasse un thé ? demanda Véronique. Je vous préviens, c'est petit, c'est vraiment modeste. Elle se pencha vers Kevin, j'ai du jus d'orange aussi.

Véronique n'avait jamais invité quelqu'un là-haut, moins par absence de familiarités qu'à cause de craintes qui n'appartenaient qu'à elle : crainte d'être jugée pour n'avoir que deux chaises – crainte d'avoir des bols, mais pas de tasses. Elle avait senti cela, aussi, qu'Anne-Marie ne regarderait pas à[2] s'asseoir à côté d'elle, au bord du grand lit, et qu'elle se moquerait

1. *Engrossées* : (familier) mises enceintes.
2. *Ne regarderait pas à* : n'hésiterait pas à, ne serait pas gênée de.

bien de ne pas boire le petit doigt en l'air [1]. Que son élégance, justement, était d'un autre ordre.

Elles parlèrent de Montmirail. Anne-Marie avoua qu'elle y avait peu d'amies, seulement quelques copines à la manufacture parce qu'à cause des enfants, il faut bien s'entraider. Véronique évoqua Mathilde, qui avait «réussi», et regretta que la vie les ait séparées. Elle ne sut pas pourquoi elle en vint à parler de ce qui lui tenait à cœur, ce mystère, lorsqu'on est passionnée de violon, qu'on a l'existence devant soi, et qu'on devient institutrice. Anne-Marie l'observait de profil, et comprenait ce que son mari avait dû lui trouver, le charme de mademoiselle Chambon était ailleurs que dans son visage, et peut-être commençait-il dans sa voix, aux inflexions [2] si calmes.

Vous savez ce qui serait bien, Véronique, demanda-t-elle, ce serait que vous veniez déjeuner à la maison.

XIII

Il tâchait de se rappeler ce qu'il éprouvait lorsque Anne-Marie était enceinte de Kevin. Il y parvenait mal.

Sans doute avaient-ils eu, tous deux, de ces moments intimes où l'on s'interroge, un garçon, une fille – ils refusaient de le savoir à l'échographie [3], oui, cela lui revenait maintenant, le toubib [4] partageait leur point de vue, mais sur un cliché, ç'avait été presque

---

1. *Le petit doigt en l'air* : marque de distinction, de raffinement excessif et mondain.
2. *Inflexions* : changements d'accent ou de ton dans la voix.
3. *Échographie* : technique d'imagerie médicale qui permet, en autres choses, de voir l'enfant dans le ventre de sa mère.
4. *Toubib* : (familier) médecin.

patent [1], et si tout n'était pas net, le silence subit du docteur, jusque-là volubile [2], leur en avait dit long, c'était peut-être à ce moment-là que Kevin avait commencé d'apparaître, prenant le pas sur – comment voulaient-ils l'appeler, déjà? Jennifer. Jennifer ou Sandrine, il n'était plus certain.

Ce dont Antonio se souvenait avec le plus de netteté, c'était l'aménagement de la chambre, en haut. La maison n'était pas tout à fait achevée d'être construite, il avait privilégié cette pièce-là, en soignant l'isolation, en posant des prises dites « de sécurité », en tendant aux murs un tissu à motif apaisant. Une certaine superstition régnait depuis toujours dans la famille d'Anne-Marie, et qui défendait, en revanche, qu'on meublât une chambre avant l'arrivée du bébé. Et si des cadeaux parvenaient, on les laissait dans leurs cartons, à la remise [3]. On en était – quoi? au cinquième mois? Il était capable de passer des soirées accroupi dans la pièce vide, vérifiant l'éclairage, cherchant cent fois ce qui pourrait clocher, imaginant l'emplacement du berceau, de la commode, de la table à langer.

Ça aussi : le cinquième mois. On comptait en mois. Et l'année prenait soudain un tour nouveau. Kevin était né en juin, elle avait commencé en octobre. Cette année-là, hors le calendrier, comptait ses propres saisons : celle des coups de fatigue, celle des crises de voracité, quand Anne-Marie se réveillait en pleine nuit pour manger, celle des premiers coups de pied de l'enfant, aussi, et l'on posait la main sur ce ventre, étonné que la vie, tellement abstraite jusque-là, prenne forme.

1. *Patent* : évident, manifeste.
2. *Volubile* : qui parle avec abondance et rapidité.
3. *Remise* : local où l'on peut ranger matériel et objets divers.

Or, le jour où Anne-Marie avait appris qu'elle était à nouveau enceinte, voilà ce qu'il s'était passé : ils étaient rentrés sans un mot à la maison; comme à l'accoutumée, tandis qu'elle préparait le déjeuner, il avait déchargé les courses, et les avait rangées aux endroits habituels – les conserves au garage, les surgelés dans le congélateur qui s'y trouvait également, et le reste dans le réfrigérateur, à la cuisine; sur la table, Anne-Marie avait disposé deux verres tulipe et débouché un vin blanc qu'ils avaient fait venir d'Alsace, quelques années auparavant. C'était alors qu'il lui avait demandé ce qui leur valait le...

Il s'était repris immédiatement. Il avait transformé la question en boutade [1]. Mais en une fraction de seconde, Anne-Marie – elle ne devait jamais l'oublier – avait vu glisser sur son visage une expression jusque-là inconnue, comme s'il avait cassé une assiette, et avait jeté à la hâte un torchon par-dessus, pour cacher les morceaux.

Au chantier, il arrivait que son geste restât bloqué dans l'effort, la pelle se fichait d'un coup dans le ciment, la truelle s'arrêtait le long de la bordure. Ça ne va pas? demandait Mahmoud. Il venait de se rappeler, stupéfait, qu'il allait avoir un deuxième petit. Peut-on répondre une chose pareille? Il ne répondait pas.

Un nouveau sentiment, en revanche, s'installait en lui, celui de porter davantage d'attention à ce qui l'entourait. Non point à Anne-Marie, donc, ni même à ce qu'il faisait, mais au monde proche, à la couleur du ciel, à une certaine lumière passant à travers un rideau

1. *Boutade* : plaisanterie.

d'arbres, à la paix qui émanait d'un crépuscule. Il lui semblait jusqu'à présent avoir été atteint d'une sorte de myopie, comme si sa vue s'était bornée à deux pas de lui et que le reste fût confondu dans le flou. Un espoir naissait dans cet œil recouvré [1], il aurait été en peine d'expliquer cela.

Ainsi, observant longuement le travail d'un insecte – ce qu'il ne se rappelait pas avoir fait de longtemps –, il s'émerveillait de sa patience, de sa dextérité [2], il regrettait de ne pas connaître son nom et se promettait confusément d'acheter un livre, pour en savoir un peu plus. Un jour qu'il traversait Rieux – un village voisin où il était passé de nombreuses fois –, il avait été frappé par l'agencement de l'endroit : quelques maisons en vieilles pierres, une modeste église par-dessous, la colline venait mourir moelleusement sur des prés entretenus, aux pommiers taillés par les bêtes, un

ru [3], enfin, creusé par le temps, et tel un coup de couteau dans la terre franche, cernait impeccablement le tout. Il avait ralenti, s'était entendu dire, c'est beau. Sa voix avait résonné drôlement dans l'habitacle [4], il avait répété sa phrase, pour l'écho que ces mots nouveaux faisaient naître en lui, « c'est beau ».

Cette acuité [5] étrange atteignait son apogée [6] lorsqu'il se rendait « aux blés » – c'était ainsi qu'il avait fini par nommer cet endroit dominant Montmirail au loin, tandis que l'autoradio donnait la sonate pour violon seul, se disant, avant que d'y être, « C'est un temps à aller aux blés », ou bien « Je suis dans l'état d'esprit

1. *Recouvré* : retrouvé.
2. *Dextérité* : habileté, adresse.
3. *Ru* : voir la note 2, p. 26.
4. *Habitacle* : intérieur d'une voiture.
5. *Acuité* : très grande sensibilité.
6. *Apogée* : sommet, plus haut degré.

d'aller aux blés». Il se tenait à croupetons[1] au bord de cet océan de vert dont les dernières vagues léchaient le commencement du bourg. Le donjon de la Chaussée de Mécringes, à main gauche, une longue haie de peupliers ajoutaient à la vision, il attendait que ça monte en lui, quelque chose de plus poignant que tout ce qu'il avait connu.

Il ne pensait pas à mademoiselle Chambon. Il restait au bord de cela, ne faisant qu'entrevoir, comme au travers des fentes d'un volet, ce qui pourrait arriver, et dont aucun mot, alors, ne pourrait non plus rendre compte.

Parfois, il s'empêchait si fort de penser à elle, il en avait mal au ventre. Et, plié en deux, de tenir ainsi avec les mains son estomac noué, il concevait une sorte de vertige, son corps lui-même se révoltait contre, à proprement parler, sa volonté.

XIV

Montmirail, 6 juin, le soir.

Je suis en train de faire la plus grosse connerie qui soit. Anne-Marie est devenue mon amie.

Nous étions convenues qu'elle viendrait me chercher en voiture, ils habitent à quelques kilomètres, une maison récente avec un petit terrain autour. J'étais un peu angoissée, en arrivant. Il y avait, tu sais, cette sorte d'allée en gravier bordée d'œillets d'Inde orange, et qui aboutissait à un perron en faux marbre, puis à une porte en chêne verni, une épaisse vitre jaune au milieu, des ferronneries[2] d'un gothique

1. *À croupetons* : accroupi.
2. *Ferronneries* : ornements de fer.

récent pour la défendre. Une lampe, au-dessus, reprenait le même ton jaune du verre, les mêmes torsades de fer noir autour, et tâchait d'imiter une lanterne de cocher. Maman ou ma sœur aurait dit que ce n'était pas du meilleur goût, et c'est en songeant à elles que le courage m'est venu d'entrer. Je les ai trop entendues dire que ce n'était pas du meilleur goût. Mais qu'est-ce qu'il y a au fond de leur goût, à elles? Et qui veulent-elles intimider, avec ces idées de décoration qu'elles tirent de magazines spécialisés?

Ils m'ont accueillie dans le couloir, le fils d'abord, le père était en retrait. Il m'a serré la main, mais il fuyait mon regard. La sienne était calleuse [1] et sèche. C'était la première fois que nous nous touchions.

Nous sommes restés, tous – un moment qui a paru long – les bras ballants, dans le salon (des meubles neufs, un canapé en cuir fauve; on venait de le cirer, et de faire la poussière sur les meubles). Kevin me regardait comme on regarde sa maîtresse, et qu'elle n'est pas derrière son bureau, mais chez lui. Peut-être, tout à l'heure, ira-t-elle dans sa chambre, et serait-ce dans ses rêves les plus doux, il ne peut pas imaginer cela, moi pour lui seul, sans rien à enseigner, de vingt ans plus grande que lui. Qu'irait-il raconter à ses camarades? Mais j'étais sûre, venant de lui, qu'il ne raconterait rien. J'étais juste en train de me rendre compte que je n'avais pas apporté de bouteille, ou bien de bouquet, j'avais complètement oublié, j'étais venue les mains vides, et sans doute était-ce à cause de cela que nous avions les bras tellement ballants. D'être si peu invitée, j'en avais perdu jusqu'au souvenir de ce qu'il fallait faire ou ne pas faire, j'en restais comme une cloche. Anne-Marie inclinait légèrement la tête vers

1. *Calleuse* : voir la note 1, p. 11.

l'épaule, elle avait son joli sourire, j'aurais juré qu'elle comprenait. Déjà, elle demandait, vous voulez que je vous fasse visiter ?

Les pièces sont claires et bien rangées. J'avais redouté, également, de voir leur chambre, à eux. Mais c'est là qu'a commencé d'apparaître cette sensation étrange, et qui ne me lâcherait plus de la journée : on aurait dit qu'Antonio – ou l'image d'Antonio – s'évanouissait tandis qu'Anne-Marie, en moi, prenait davantage de place. Ainsi, dans cette chambre, je ne trouvai pas les traces qu'Antonio aurait dû laisser – je n'en cherchais pas non plus. Mais la couette, dans un coton imprimé plein de fraîcheur, l'armoire paysanne, dont j'appris qu'elle provenait de la famille d'Anne-Marie, la paire de bottes texanes, dans un coin – Un jour, en passant devant le magasin, je ne sais pas ce qui m'a prise, elles m'ont coûté un demi-mois de salaire, je ne les ai jamais mises… –, la chambre ne me parlait que d'elle.

Cela a continué en bas, pendant que nous préparions le déjeuner.

Les fenêtres étaient grandes ouvertes, dans la cuisine. Un peu de vent s'était levé. On entendait, sans le voir, du linge claquer.

J'évidais des poivrons, elle mettait un poulet à cuire, du riz. Kevin et Antonio avaient disparu, sans doute devaient-ils bricoler quelque chose ensemble, une tondeuse à réparer, disait-elle, ou bien nettoyer les vélos. Elle avait posé deux kirs au milieu des paquets, des épluchures, des économes [1]. Nous les avions finis d'un trait, elle nous avait resservies avec un clin d'œil complice.

Puis elle avait tiré deux blondes d'un paquet, m'en avait allumé une d'autorité. Elle s'était assise et fumait

1. *Économes* : couteaux qui servent à éplucher les légumes.

les bras croisés, en regardant droit devant elle, avec des bouffées courtes, rapides. Ses ongles étaient rongés quasi jusqu'aux lunules[1]. Je ne parvenais qu'à trouver cela émouvant, ou attachant, une mère qui aurait pu m'avoir invitée comme on invite une amie de son fils, et qui, l'instant d'après, donnait l'impression d'être moins âgée que moi.

C'était le dimanche midi et, autour de nous, aurions-nous oublié le calendrier, tout disait cette sorte de langueur, le temps enfin retrouvé de vivre, et qui étire ce jour-là.

Nous avons mis la table. Nous avons sorti ces assiettes de dimanche, justement, plus grandes, à moins qu'elles ne soient plus neuves, ou bien à motifs de fleurs peintes. Nous avons déplié la nappe, chacune aux deux coins, posé par-dessus les serviettes épaisses, repassées de frais, et assorties. Nous avons pris la plus belle carafe pour y mettre de l'eau, et débouché le meilleur vin – elle demandait, quand je peinais sur le bouchon, tu y arrives ?

Nous avons disposé les couverts en bon ordre, nous n'avons rien oublié, ni le sel, ni le poivre, prêts dans des ustensiles d'apparat[2]. Ni les cuillers à servir. Nous avons cueilli trois roses de jardin, doubles, moussues, que nous avons installées dans un vase. Nous avons fait ce que font les femmes, ce jour-là, quand leurs hommes rentrent, les mains tachées de cambouis, et qu'ils trouvent la vie plus belle, ou bien qu'ils ont très faim, sans bien savoir pourquoi. Et moi qui

1. *Lunules* : taches blanches en forme de croissant situées à la base des ongles.

2. *D'apparat* : précieux, que l'on ne sort que pour les grandes occasions.

n'avais pas l'habitude de cela – ou, dans d'autres circonstances, qui aurais sans doute été révoltée par cette attitude –, j'étais gagnée par ce qui émanait d'Anne-Marie, le sentiment particulier et doux de faire plaisir.

Pendant le repas, nous laissâmes Antonio et Kevin parler. Il y aurait un match, l'après-midi. Antonio disait qu'il était pour Auxerre, Kevin, pour Monaco.

Nous sommes allées nous promener le long d'une petite route. Le vent forcissait par saccades, un vent chaud et qui annonçait l'orage. Les épis d'escourgeon [1] et de blé se couchaient sous lui en rangées dans les champs, on aurait dit de ces individus, dans les foules, qui, pour avoir changé de position, modifient le dessin général qu'elles traçaient, des traits mouvants et gris venaient s'inscrire à perte de vue sur l'étendue jaune. Parfois une alouette, comme jetée en l'air malgré elle, battait furieusement des ailes aux seules fins de rester sur place et criait sa colère. Des hirondelles rasaient le bitume.

Anne-Marie m'écoutait, je lui racontais ce que je n'avais jamais raconté à personne, parce qu'il ne faut pas que les parents sachent à quel point les enseignants sont semblables à eux, mais j'étais passée, avec elle, au-delà de ça. Je lui disais le poids, sur nos épaules, de ne jamais pouvoir être naturels. De devoir paraître, en ville, ailleurs, mieux que quiconque. D'être obligés de ne rien laisser voir de nos goûts, de nos amitiés, de nos fantaisies. Chacun, après le travail, est libre d'aller boire un verre ou de se balader à sa guise [2]. Pas nous. Je lui expliquais comment, pour effectuer certaines courses, j'étais tenue de prendre le

1. *Escourgeon* : variété de céréale proche de l'orge.
2. *À sa guise* : selon son goût, son désir.

car et de me rendre à la ville voisine. Elle n'imaginait pas qu'on pût regarder ainsi le panier de l'institutrice, au moment où elle dépose ses achats, sur le tapis de caisse.

Je lui disais, tu sais, quelquefois, j'ai envie de déconner. Comme un fou rire. Et puis à d'autres moments, j'ai peur : cela semble tellement normal, à tout le monde, que les institutrices finissent vieilles filles.

Nous ne faisions plus attention aux nuages. Nous avons respiré l'odeur des premières gouttes tombant sur la route au même instant que d'autres nous atteignaient. Elles étaient tièdes. Elles sentaient le bois vert, quand on tâche de le faire brûler. C'est là qu'elle m'a dit, mon secret, à moi, c'est l'opposé, je suis enceinte. Je l'ai embrassée avant que nous nous mettions à courir. Il fallait crier, sous l'averse, pour poser les questions qu'on pose en pareil cas.

Antonio m'a raccompagnée. Nous sommes restés muets dans la voiture. Les orages se succédaient, créant des verses dans les épis. À peine a-t-il demandé si ça allait, la fenêtre. J'ai répondu oui.

Alors qu'il me laissait devant chez moi : vous venez moins chercher Kevin à l'école, ai-je dit. J'ignore pourquoi j'ai dit cela.

Sa bouche s'est fendue dans un large sourire, je reviendrai plus souvent.

Or je ne désirais plus qu'il revienne souvent, une boule au fond de la gorge.

XV

Le lendemain soir, Antonio alla voir Georges.

Ils s'étaient connus à la communale [1]. Georges faisait partie de l'espèce des petits gros avec lesquels les enfants sont cruels. Antonio s'était battu plusieurs fois pour le défendre.

Il n'avait pas, cependant, le tempérament d'un souffre-douleur [2], ni le caractère à se plaindre. Lui aussi rendait coup pour coup.

Une seule fois, beaucoup d'années plus tard, il avait débarqué à l'improviste. Sa petite amie, à laquelle il tenait, venait de le lâcher. Il était déjà, à cette époque, cuisinier à l'hôtel du Grand-Cerf. Il parlait de se suicider. C'était Anne-Marie qui avait eu l'idée de le faire dormir entre Antonio et elle, pour qu'il ne s'échappe pas, pour qu'il n'aie pas froid, pour qu'il ne lui arrive rien. Cette nuit-là, Georges avait peut-être pris de la place au milieu du lit, ils n'en avaient pas moins, tous, dormi profondément. Antonio, aujourd'hui encore, s'il se souvenait d'un petit déjeuner, pensait d'abord à celui-là : il est sept heures, on est en hiver, il fait noir dehors. Mais autour de la table, dans la cuisine qui sent encore la peinture, sous la suspension [3] dont l'ampoule diffuse une lumière mandarine, chaude, Anne-Marie sert le meilleur café qui soit, Georges ira faire le marché

---

1. *À la communale* : à l'école communale, c'est-à-dire l'école maternelle ou primaire.
2. *Souffre-douleur* : personne sur qui convergent toutes les moqueries et méchancetés.
3. *Suspension* : lampe suspendue au plafond.

pour le restaurant de l'hôtel du Grand-Cerf, Georges est guéri.

Une autre fois, alors qu'ils étaient tous les trois ensemble, assis sur le canapé, le téléphone avait sonné. C'était Van Hamme. Le joint d'une gouttière récemment posée avait cédé. Le propriétaire venait d'appeler. Est-ce qu'Antonio... ?

Anne-Marie s'était retrouvée seule avec Georges. Elle en avait profité pour dire « ce qu'on a sur le cœur » : Georges, excuse-moi, pourquoi tu ne fais pas un régime ? (En filigrane [1], il fallait entendre [2] cela, et que Georges avait entendu, pourquoi tu fais exprès d'être laid ?)

Alors Georges avait expliqué à Anne-Marie qu'on le prenait, ou non, tel qu'il se présentait. Gros. Et laid.

« On » : pas beaucoup de gens. Sa mère, Antonio... Mais qu'il avait le sentiment, outre celui de n'avoir pas triché, d'être compris...

Anne-Marie lui avait agité le doigt sous le nez, ce n'est pas gentil de ne pas me compter parmi tes amis. Ils avaient ri.

Antonio roulait vers Georges, à qui l'hôtel du Grand-Cerf devait beaucoup, parce qu'on venait de loin pour goûter sa cuisine. On ne pouvait le joindre que là. Parfois, chez sa mère. Il habitait la plupart du temps dans un camping-car que son salaire avait permis de choisir d'un modèle luxueux. Il pouvait rester garé quelques semaines au même endroit, puis changer de place de façon imprévisible. Cette unique fantaisie que s'autorisait Georges était connue de la plupart des habitants de Montmirail, qui s'enor-

1. *En filigrane* : derrière ce qui est réellement dit.
2. *Entendre* : comprendre.

gueillissaient d'avoir vu le camion, au petit matin, en pleine campagne, ou bien devant chez eux. À force, c'était devenu l'un de ces sujets de conversation qui ne coûtent rien, au même titre que le temps qu'il fait, on disait, j'ai vu le camion de Georges, et l'on regardait par en dessous l'individu que cela laissait sans réaction, certain d'avoir affaire à un étranger.

On était à la fin de la journée. Antonio, à cette heure, avait pensé le trouver au restaurant, mais quand il vit le camion devant le commerce du pépiniériste [1], en bas de la grande côte, il se gara derrière. Georges y était.

Il se réveillait à peine d'une sieste. Il servit deux scotchs, tassé [2] pour lui, Antonio mit de l'eau dans le sien. À l'intérieur du camping-car, à l'exception du couvre-lit froissé, tout était propre et rangé de façon impeccable. Georges était peut-être gros, ou laid, il ne supportait pas la saleté. Il y avait un très discret parfum de lavande dans la fraîcheur que distribuait par intermittence [3] un ventilateur.

Qu'est-ce qui t'amène ? demanda-t-il. Antonio avait songé à une entrée en matière. Il faut que tu m'aides, dit-il immédiatement, j'ai quelqu'un dans la peau. Le jour, la nuit, tout le temps, je ne pense qu'à ça. Pas à elle : à ça.

Merde, merde, disait Georges à mesure que son ami s'épanchait [4] et que, pour la première fois, avouant à l'autre ce qui le préoccupait, il reconnaissait en lui-même à quel point il devenait difficile, mainte-

1. *Pépiniériste* : personne qui cultive et vend des plantes.
2. *Tassé* : pur, sans eau.
3. *Par intermittence* : par moments, de façon discontinue.
4. *S'épanchait* : livrait ses pensées et ses sentiments, se confiait

nant, de se contenir. Les mots, au passage, brûlaient sa bouche. Ils s'écoulaient sans lui, et de façon ininterrompue. À un certain moment, cependant, il lui sembla que c'était fini, qu'il avait tout dit. Il se tut.

Merde, merde, répéta Georges. Tu ne peux pas faire ça à Anne-Marie.

Non, dit Antonio. Je ne peux pas.

XVI

Ils avaient coutume, chaque année, le 18 juin, à l'occasion de l'anniversaire du père d'Antonio, d'organiser une fête en plein air. On faisait rôtir un mouton, à moins qu'on tuât un cochon de lait[1]. L'on réunissait ainsi non seulement les membres éparpillés de la famille, mais aussi leurs amis. On faisait venir du vin portugais depuis Paris. Il y avait une volonté d'offrande là-dedans.

Georges, dès qu'il avait connu Antonio, n'avait pas manqué une de ces fêtes. Il était maintenant chargé de ramener les plateaux d'entrées qu'il confectionnait tout exprès, au restaurant. Van Hamme était venu quelquefois, en vertu du fait qu'il avait employé le père d'Antonio avant que celui-ci devînt invalide, les poumons, la poussière, il négligeait toujours de mettre un masque au moment de scier les tuiles, ou bien la brique.

Cela se passait tantôt chez Antonio, et tantôt chez sa sœur, qui habitait également à la périphérie de Montmirail, une maison avec un jardin. Cette fois, ce serait chez Antonio.

---

1. *Cochon de lait* : jeune cochon.

Tu sais ce que nous devrions faire, cette année? demanda Anne-Marie, quelques jours avant le 18 juin. Elle était déjà au lit et feuilletait, posé sur ses genoux ramenés vers elle, un catalogue de vente par correspondance (son doigt, qu'elle humectait parfois, tournant les pages avec une sorte de désinvolture [1], tel article, trop moche, et tel autre, je n'en veux pas).

Non, dit-il. Il était en train de se pencher par la fenêtre pour fermer les volets.

Nous devrions inviter Véronique. Véronique Chambon. Ce serait mieux que ce soit toi qui le fasses.

XVII

La veille, il avait plu toute la journée. Dès l'aube, cependant, les nuages s'étaient dissipés. À dix heures, le soleil, sous un franc ciel bleu, achevait d'essuyer les fines feuilles brillantes des deutzias [2], les branches ployées des rosiers relevaient la tête. L'air sentait l'herbe écrasée, le feu de bois. Antonio avait creusé un trou au fond du jardin, l'avait entouré de pierres et y avait placé un bûcher qui commençait de flamber. À côté attendait un grand tournebroche qu'il avait emprunté à la salle polyvalente. Cette année, ce serait un mouton, finalement.

Anne-Marie avait pris sa voiture. Elle klaxonna dans la rue du Docteur-Farny. Véronique descendit moins de deux minutes plus tard. Elle portait un jean neuf, un élégant chemisier à manches courtes, au-dessus duquel elle avait enfilé un petit gilet brodé main;

1. *Avec… désinvolture* : avec légèreté, sans y faire vraiment attention.
2. *Deutzias* : sorte d'arbustes.

des ballerines noires. Elle tenait entre ses bras une azalée [1] de belle taille, recouverte de papier transparent, avec une faveur [2] rouge. C'est pour toi, dit-elle en la posant sur la banquette arrière. Tu n'étais pas obligée, répondit Anne-Marie.

Elles avaient prévu d'effectuer ensemble les ultimes courses au supermarché. À quelques heures de la fête, il manquait toujours une chose : des serviettes en papier, des fruits, à moins qu'on eût vu trop juste, pour les apéritifs.

Dans les allées, entre les gondoles, poussant le chariot, des personnes les reconnurent. Auraient-elles été isolées, Véronique d'un côté, et Anne-Marie de l'autre, qu'on serait venu les saluer et prendre des nouvelles. Tel parent d'élève, telle employée de la manufacture. Mais de les voir ensemble, on en concevait une sorte de timidité. On leur adressait un vague signe de la tête, on n'osait les regarder que de dos. À la caisse, elles se mirent à rire pour une raison futile [3]. Anne-Marie était heureuse. Véronique se sentait à l'aise comme rarement.

Il y avait déjà un peu de monde dans le jardin, quand elles revinrent. Des enfants que l'institutrice ne connaissait pas – ils étaient de la communale. Les hommes formaient cercle, là-bas, mains aux hanches, autour du méchoui [4] qu'on avait embroché. Anne-Marie présenta Véronique au père d'Antonio, assis à l'ombre, sur la terrasse. Il se leva pour lui serrer la main, elle lui souhaita un bon anniversaire. Ç'avait dû

1. *Azalée* : plante à fleurs.
2. *Faveur* : ruban.
3. *Futile* : insignifiante, sans importance.
4. *Méchoui* : mouton ou agneau cuit en entier à la broche.

être, également, un beau garçon, dans le temps, mais il avait l'œil égrillard [1], et sans lâcher la main, il égrenait [2] un compliment qu'elle ne comprenait qu'à moitié. Si le père d'Antonio avait autrefois parfaitement parlé le français, un peu d'âge l'avait rendu à sa langue d'origine.

Quelques femmes s'étaient retranchées dans la cuisine. Elles avaient passé des robes de couleurs vives. Malgré les fenêtres ouvertes, la chaleur du soleil qui montait avait déjà dénoué des cheveux, fait dépasser, un peu, la bretelle du soutien-gorge. Véronique avait tenu à les saluer une à une, en énonçant son propre prénom. Bien vite, le rouge lui était monté aux joues, ces femmes-là hésitaient sur la conduite à tenir, rougissaient elles-mêmes et se regardaient l'une l'autre. Anne-Marie s'était détournée. Une seconde, Véronique lui en voulut de cela.

Mais d'autres personnes arrivaient dans la maison, de plus en plus nombreuses. Bientôt, il ne fut plus question que de salades à parfaire, et de mettre les petits plats dans les grands. Alors qu'elle disposait une garniture de quartiers d'orange, une matrone[3] s'approcha et lui montra une autre façon de faire, tu ne trouves pas que c'est mieux comme ça? Véronique la regarda. La matrone lui souriait.

C'étaient ce que d'autres auraient appelé «des gens de peu». Oui, à bien y réfléchir, c'était ainsi que les aurait appelés sa mère, «des gens de peu», alors aurait-il fallu entendre de l'interjection là-dedans, des

---

1. *Égrillard* : coquin.
2. *Égrenait* : prononçait lentement comme si chaque mot était un grain qu'on défait d'un épi.
3. *Matrone* : femme d'âge mûr.

gens de « peuh [1] », pour avoir mis des robes pleines de tons gais, pour ne pas hésiter, maintenant, à se caler les fesses dans l'herbe si fraîchement tondue qu'il subsistait des restes d'andain [2], une assiette en carton entre les mains, et plutôt que d'utiliser la serviette, c'était tellement agréable de se lécher les doigts.

Les hommes faisaient la navette depuis le feu, fiers d'apporter le morceau convoité, à point, bien cuit. Ils demandaient aux femmes qu'ils connaissaient, ça te va ma cocotte ? À elle : qu'est-ce qui vous ferait plaisir, mademoiselle ? Et c'était même manière de les englober toutes dans leur affection, de se faire un peu railler, parce que les hommes, c'est ainsi, ils savent qu'ils sont coqs pour mieux les faire sourire, elles. Ceux qui servaient bombaient le torse, cachant des ventres, et arboraient par leurs chemises échancrées les poils de la poitrine. Ils portaient au poignet des

gourmettes en argent. Quelques-uns soignaient avec précaution, rasée loin sous le nez et au-dessus de la lèvre, une moustache fine et teinte. Ils mangeaient, eux, debout. Parfois l'un, saisissant une bonbonne de vinho [3], la perchait sur son épaule pour servir le gobelet d'un autre. Un Français, moins expérimenté, désira essayer. Il en répandit à côté et déclencha des rires.

On avait planté un parasol, en contrebas [4], pour le père siégeant dans un fauteuil de rotin. Sa maigreur, son hâle, le détachement soudain qu'il manifestait à

1. *Des gens de « peuh »* : jeu de mots entre peu et « peuh » ; expression qui traduit le mépris de la mère de Véronique pour les petites gens.
2. *Andain* : alignement de foin ou de céréales fauchés et déposés sur le sol.
3. *Vinho* : vin portugais.
4. *En contrebas* : un peu plus loin et en bas par rapport à la terrasse.

l'égard du monde alentour faisaient songer à un roi abyssin [1].

À un moment, Antonio apparut. Il portait aussi une chemise échancrée, une fine ceinture de cuir noir verni serrait à la taille un pantalon à pinces. En guise de gourmette : une grosse montre au bracelet relâché. Véronique songea que n'importe qui d'autre, habillé comme ça, ne lui aurait pas tiré pareille indulgence. Elle ne parvenait qu'à essayer d'imaginer sa poitrine, au-delà des poils. Il s'était assis sur les talons, devant elle. Il était peut-être un peu gris, il lui demanda, ça va? en lui touchant l'épaule.

Ça va, dit-elle, je suis bien, et elle se rendit compte d'avoir failli, à une seconde près, devant tout le monde, lui caresser la main du plat de la joue, dans un mouvement très doux.

Il était déjà reparti vers d'autres convives. Autour d'elle, des mères, les genoux en autel, conviaient quelques guêpes et des nuées d'enfants, à du melon, des fraises au sucre, de la glace en partage.

Il y avait eu ce gros type, vers midi, qui avait ramené des plateaux d'entrées, à qui tout le monde tapait dans le dos, et qui, lorsqu'elle l'avait regardé, avait détourné ostensiblement [2] la tête. Van Hamme, au contraire, débarquant en coup de vent à dix-sept heures, s'était approché d'elle, avait plissé un œil, tout à coup, en direction de sa prunelle, un œil inquisiteur [3], un œil qui disait « Qu'est-ce que vous fichez là? », non par méchanceté, mais avec une sorte d'étonnement.

1. *Abyssin* : de l'Abyssinie, ancien nom de l'Éthiopie, État de l'Afrique orientale.
2. *Ostensiblement* : de façon à se faire remarquer.
3. *Inquisiteur* : qui traduit une curiosité indiscrète et sévère.

L'après-midi touchait à sa fin, ce n'était pas vraiment à cause de ces hommes, il y avait à nouveau ce froid qu'elle avait ressenti en arrivant, Anne-Marie demeurait introuvable, quelqu'un, sur la terrasse, avait sorti la chaîne hi-fi et mettait des paso doble[1], des valses, un peu de fado[2] aussi. Deux ou trois couples dansaient sur la terrasse. Les autres, quoiqu'ils en eussent envie, hésitaient encore.

Véronique était tombée à l'improviste sur lui. Je ne voudrais pas vous ennuyer, je suis fatiguée, ou bien je ne sais pas ce que j'ai, je voudrais rentrer, je voudrais vraiment rentrer, je ne trouve pas Anne-Marie.

Van Hamme, qui était à proximité, les avait observés longuement. Antonio avait dit oui, bien sûr, tout de suite si vous voulez.

Il roulait lentement, il était un peu ivre. Elle avait ouvert en grand la vitre, l'air encore chaud emmêlait ses cheveux, les jetant contre les paupières, dans la bouche. On aurait dit que quelque chose empêchait le soleil, devenu rouge, de se coucher derrière les collines, une cale[3] aurait maintenu son dôme au-dessus de la ligne de crête. Tout, à l'unisson, paraissait suspendu. Aucun des cris d'oiseaux qui forment le concert du soir; les feuilles aux arbres, elles-mêmes, dans leur immobilité, semblaient attendre on ne sait quoi.

Vous allez bientôt partir en vacances? demanda-t-il.

---

1. *Paso doble* : danse espagnole.
2. *Fado* : chant portugais.
3. *Cale* : morceau de bois que l'on place sous un objet pour l'empêcher de rouler, de glisser.

Au Crotoy, répondit-elle. Et, parce que cela n'avait pas l'air de lui évoquer grand-chose : Un petit port en baie de Somme [1], mes parents ont une maison là-bas.

Vous vous souvenez? demanda-t-il encore. Quand vous m'aviez joué cette sonate pour violon. J'aimerais bien vous montrer un endroit qui me fait penser à ça. C'est tout près. Et je crois que c'est le moment.

Antonio, commença-t-elle, est-ce que nous... Oh, et puis d'accord.

D'accord.

Les blés, avec beaucoup d'avance, paraissaient mûrs pour la moisson. Les millions d'épis s'inclinaient sous le poids de leurs têtes alourdies. Le soleil avait fini par se coucher. Le ciel au-dessus d'eux était mauve. Une chevêche [2] criait de loin en loin, dans les bois, derrière. Ils virent l'éclairage municipal se mettre en marche dans Montmirail, le bas de la côte, d'abord, une constellation de lampadaires comme un serpent lové [3], puis ce fut au château, là-haut, d'être illuminé. Quelques secondes, on put croire que l'espace entre les deux ne serait pas éclairé, que la moitié du bourg, ce soir-là, serait privée d'électricité. Enfin tout s'alluma.

Elle était assise en lisière du champ, les genoux ramenés sous le menton, ses bras les enserrant. Cela commençait à faire longtemps qu'ils étaient ainsi côte à côte, sans se parler. Il la regarda. La nuit qui arrivait brouillait ses traits, ou les adoucissait, elle avait en avant des cheveux noirs et fins un visage qu'il ne lui

1. *Baie de Somme* : région du nord de la France située à l'embouchure de la Somme.
2. *Chevêche* : petite chouette.
3. *Lové* : enroulé en spirale.

connaissait pas, ou qu'il lui avait toujours vu, il s'éclaircit la gorge pour dire, je viens presque tous les jours ici pour vous rencontrer, je n'ose même pas penser à vous précisément, je ne fais que vous effleurer, et quelquefois, à force de me retenir de vous imaginer, je suis plié en deux, tellement j'ai mal au ventre.

Elle avait enfoui sa tête entre les genoux. Il tendit la main pour lui caresser la nuque. Elle s'était écartée d'instinct. Ne dis plus un mot. Ne me touche pas. Ramène-moi maintenant, s'il te plaît.

Quand il revint chez lui, le bal battait son plein. Anne-Marie, ni personne, ne lui fit de reproche, il suffisait de le regarder.

Cette nuit-là, il se soûla la gueule comme jamais.

XVIII

L'école est fermée depuis une semaine, et je suis toujours ici. Je ne comprends rien à mon état, qui est d'errer la journée durant dans l'appartement. Je m'assois au bord du lit, je crois encore y être, et me voici sur une chaise, cette fois, à l'autre bout de la pièce, regardant avec stupéfaction une pomme dans laquelle je viens de mordre.

Tantôt je me retrouve le front collé au carreau de la fenêtre, tantôt je suis debout, une main posée sur le dessus du Frigidaire. Depuis combien de temps cette main est-elle là ? Qu'étais-je venue chercher ? Je tâche de me souvenir et je ne me souviens pas.

J'ai conscience que la chaleur, au-dehors, a commencé d'augmenter de façon anormale. Pourtant, ici, je frissonne, il me faut un châle de toute urgence. À peine l'ai-je mis que je dois l'enlever. Je m'endors le matin, ou l'après-midi. Je me réveille, il fait nuit noire.

Ce petit miroir, suspendu dans un coin de l'appartement, et dans lequel je vérifiais autrefois avec une sorte de joie que tout était en place, les pommettes sous un léger blush [1], les sourcils épilés – mes seules concessions à un peu d'artifice, et l'on ébouriffait du bout des doigts, sur le front, les cheveux, c'était le signe que cela allait, qu'on était prête pour la vie –, voilà que je passe à présent des heures devant. Je cherche quelque chose, ou bien quelqu'un à qui me raccrocher dans les joues trop creuses, leur peau trop blanche, les cernes sous les yeux et le nez en arête. Je ne trouve personne. Et ce que je n'attrape plus dans mon reflet, il n'y a que l'écriture, je crois, pour me le rendre.

Il y a donc les moments d'absence, où j'oublie ce que je faisais la minute d'avant. Il y a aussi les moments de présence, rares – je me dis qu'il faudrait que je descende acheter à manger, ou bien je passe l'aspirateur. Les gens qui ont perdu un être cher doivent éprouver cela. La différence, c'est que lorsqu'ils se souviennent de lui, je pense à toi.

Ce sont tes mains, d'abord. Tu as des mains d'homme du désert, faites pour toucher la pierre et le sable, la bride, le crin. Et puis c'est ton visage. Mais, de la même façon, ce n'est pas exactement ton visage, c'est ce qu'il crée en moi, et que je n'aurais su dire avant que tu m'emmènes là-haut, au-dessus des champs de blé. Car si j'évoque maintenant tes yeux, ta bouche, ton front, je vois ce que tu m'as montré, les tiges qui ployaient sous le poids des épis lourds, le creux très doux en bas de la pente, et cette ville dont

1. *Blush* : poudre de maquillage, rouge à joue.

les lumières s'allumaient comme une promesse, comme un miracle à venir.

Ce n'est qu'un début, Antonio. J'imagine ensuite l'avenir, j'imagine ce qui se passerait si tu me touchais. J'échafaude des dizaines de stratagèmes qui aboutissent, tous, à cet instant-là.

Soudain, on rouvre les yeux. On est assise au bord du lit. Ou bien sur une chaise. On croque dans une pomme.

XIX

Il lui fallut quinze jours pour comprendre qu'il ne pourrait pas vivre sans elle.

On avait envoyé Kevin dans un centre aéré près d'Erquy, en Bretagne. Il reviendrait à la fin du mois de juillet. Anne-Marie avait prévu de prendre ses vacances en août, ils iraient alors tous les trois dans un gîte rural à Condat, en Auvergne, elle avait de la famille là-bas.

Au chantier, tout le monde se rendait compte qu'il avait la tête ailleurs. Il perdait ses cotes [1] et finissait mal ses plâtres. Mahmoud passait derrière sans rien dire. Mallard ne disait rien non plus, il attendait son heure, mais une heure qui ne serait qu'à lui. L'apprenti, qui était âpre [2] à la tâche, et qui semblait vouloir durer, n'était pas dénué de finesse : s'il avait reniflé quelque chose, il se serait bien gardé d'en faire étalage. Quant à Van Hamme, il évitait sciemment [3] la moindre obser-

1. *Cotes* : mesures nécessaires à la construction.
2. *Âpre* : qui fait preuve de beaucoup d'énergie à faire quelque chose.
3. *Sciemment* : en toute connaissance de cause, volontairement.

vation, se contentant de lui destiner le même regard attentif, étonné, qu'il avait eu envers mademoiselle Chambon.

Ils remettaient sur pied une ancienne ferme, pour des gens de Paris qui la voulaient à l'identique. Il fallait faire preuve d'un peu plus de doigté que d'habitude pour travailler avec des matériaux anciens. Ceux-ci, quoiqu'ils fussent de récupération, étaient onéreux [1]. On les obtenait au compte-gouttes, dans des mesures tout juste suffisantes, sans cette marge qui aurait permis de bâtir sans être gêné. Il était arrivé plusieurs fois qu'Antonio cassât mal du carrelage qui, dès lors, manquait – et c'étaient des kilomètres pour tâcher de retrouver le même, chez d'autres récupérateurs. Un jour que Van Hamme n'avait pu s'empêcher de lui en faire la réflexion, je ne suis pas carreleur, avait dit Antonio excédé, je ne suis putain pas carreleur, je suis maçon, ce n'est pas la même chose, il y a les carreleurs, et puis il y a les maçons. Van Hamme n'avait pas insisté.

De surcroît [2], cet été-là, les conditions de travail étaient particulièrement éprouvantes. La sécheresse régnait partout en France. Les journaux, la télévision se faisaient l'écho d'une canicule générale, et alarmante. On parlait de récoltes perdues, l'eau était rationnée jusque dans le département de la Marne, où elle ne manque pourtant pas. Défense était faite d'arroser les pelouses, de laver des voitures. On recommandait de se raser, le matin, avec le fond du lavabo.

Passé dix heures, au chantier, la chaleur devenait accablante. Dans le même temps qu'ils refaisaient les sols et qu'ils peaufinaient [3] le mortier, dit « beurré »,

1. *Onéreux* : chers.
2. *De surcroît* : de plus.
3. *Peaufinaient* : achevaient avec un soin minutieux.

autour des pierres des murs, ils remplaçaient la toiture par endroits. À plat ventre sur les échelles paillées, il leur arrivait de se brûler aux tuiles et, s'ils levaient la tête, tout devenait blanc, du ciel, du toit, du paysage, à deux doigts de l'évanouissement. Ç'avait failli être le cas avec le jeune apprenti, on avait dû l'aider à descendre. Deux minutes plus tard, il remontait en serrant les dents. À bord de la BMW, Van Hamme ne cessait d'effectuer la navette pour ramener des packs d'Évian qu'ils se versaient sur le crâne.

Un midi, Antonio prit Van Hamme à part. Je n'en peux plus, patron.

Je ne suis pas une mauviette, pourtant. Je n'en peux plus.

Ce n'est pas la chaleur, hein, avait dit Van Hamme, et ce n'était pas une question, c'était une affirmation. Il avait son regard de dessous la paupière. Van Hamme était ce qu'il était, il ne manquait pas de cet instinct qui remplace parfois l'intelligence.

Vous pensez ce que vous voulez, patron. J'ai besoin de deux semaines de vacances, tout de suite. Je pourrais me mettre en arrêt-maladie : je n'ai pas envie de vous faire ce coup-là. Le devis court jusqu'en septembre. Je reviendrai frais en août. Et si tout le monde est parti, je travaillerai seul. Vous savez que je suis capable de ça.

Tu me fais chier, Antonio. Qu'est-ce que tu veux que je te dise d'autre ?

Il n'avait même pas attendu la fin de l'après-midi pour partir. Il avait nettoyé ses outils et rangé soigneusement ses affaires.

On l'avait regardé monter dans sa voiture, il n'avait dit au revoir à personne.

En chemin, il s'était arrêté à l'hôtel du Grand-

Cerf. Il avait un service à demander à Georges. Ils prirent ensemble un apéritif au bar du restaurant.

Georges non plus n'avait pas pu le lui refuser.

Anne-Marie revint un peu plus tard que prévu de la manufacture. Elle avait fait des petites courses. Elle remontait l'allée quand elle le vit, assis à l'ombre, sur la terrasse. Il avait ramené près de son fauteuil la table basse et posé par-dessus du scotch, un verre, de la glace. Je te sers quelque chose? demanda-t-il joyeusement lorsqu'elle le rejoignit. Elle n'aimait pas ce qu'elle lisait dans ses yeux. Elle n'en laissa cependant rien paraître, alla se chercher elle-même un verre en cuisine, après y avoir déposé les courses. Elle se servit un fond qu'elle mêla de beaucoup d'eau, s'assit en tailleur à côté de lui et attendit.

Il commença par poser ces questions qu'ils avaient coutume de se poser, en fin de journée, est-ce qu'il ne faisait pas trop chaud, dans l'atelier? Ou bien il en avait entendu une bien bonne, à la radio, tandis qu'il maçonnait, et il la lui racontait. Elle commençait elle-même de s'apaiser lorsqu'il demanda : Tu m'as bien dit que tu pouvais prendre des vacances quand tu voulais, pas vrai?

Oui, souffla-t-elle, tandis que l'angoisse naissait sourdement depuis le bas de son ventre, gagnait son estomac.

Je n'en peux plus, au chantier – il avait soudain l'air exalté, et faisait de trop grands gestes avec les mains. Ce n'est plus tenable. Personne ne peut supporter ça. Qu'est-ce que tu dirais de prendre des vacances, tous les deux, rien que nous deux, demain, après-demain? Hein? Je récupérerai en août. Et tu pourrais quand même aller passer quinze jours à Condat avec Kevin…

Et Van Hamme ?

Je lui en ai déjà parlé, il est d'accord.

Où irions-nous ?

Au Crotoy, dit-il. Il venait de se servir un nouveau verre. Un petit port en baie de Somme, il paraît que c'est très joli.

Elle chercha ses yeux avant de lâcher, il y a mademoiselle Chambon là-bas, je le sais, elle m'en a parlé – dans le même temps, elle se rendait compte qu'elle ne l'avait plus appelée Véronique. L'angoisse lui enserrait à présent la poitrine, elle en avait le souffle coupé.

Mais justement ! Il osait enfin la regarder, et ses yeux noyés glissaient sur elle. Tu imagines ? On marcherait dans la rue, là-bas, tout d'un coup, on lui toucherait l'épaule, mine de rien, salut, ça va ? C'est qu'elle en ferait, une tête ! Peut-être même qu'elle nous inviterait à dîner chez ses parents.

On n'a pas beaucoup de sous à dépenser, dit Anne-Marie, et elle avait de plus en plus de mal à articuler.

J'y ai pensé. J'ai vu Georges. Il nous prête son camping-car. En échange, il s'installera ici. Je lui filerai la voiture. Tout est réglé.

Elle eut à peine le temps de se lever, de traverser le couloir, de se pencher au-dessus des W-C. Il se tenait derrière la porte à demi rabattue et demandait, je peux faire quelque chose ? Ce n'est rien, disait-elle entre deux hoquets, il fallait bien que ça m'arrive, j'ai eu plus de chance avec Kevin.

XX

La route qui aboutit au Crotoy, via Amiens puis Abbeville, est flanquée de chaque côté par les marais de la Somme. Au milieu de bouquets d'herbe désolés, des lueurs d'argent terni signalent des étangs. Parfois, c'est un pré salé [1] où paissent des moutons. On entend des cris d'oiseaux de mer.

L'air, ici, était plus vif, ou bien plus bleu. En roulant doucement, toutes vitres baissées, ils pouvaient voir des nuages s'amonceler au-dessus de ce qui devait être la Manche. C'est un beau pays, dit-il, on a bien fait de venir, tu ne trouves pas? Mais Anne-Marie, depuis leur départ, était tombée dans une sorte d'apathie [2] qu'elle avait mise, pour lui, sur le compte de sa grossesse. Elle esquissa un vague signe de la main.

Ils trouvèrent immédiatement un camping, à l'entrée du village. Ils auraient pu se garer n'importe où, le camion avait sa propre autonomie, il leur aurait cependant semblé dangereux, ou interdit, de se parquer ailleurs. Le prix en était très modique [3] et s'expliquait sans doute, disait Antonio, par la présence de nombreux mobile homes, et qui révélaient que des gens vivaient là à l'année.

Il proposa tout de suite à Anne-Marie d'aller visiter l'endroit. Il fallait aussi faire des courses. Mais elle préférait pour le moment s'allonger un peu. Qu'il y aille seul, dit-elle, il lui raconterait.

Il avait le sentiment de danser dans les rues du village. Tout ce qu'il voyait l'enchantait, les maisons grises et basses, les épiceries dont on ne savait si elles étaient ouvertes ou fermées, au bord de la faillite, les restaurants un peu minables, sur le port, et qui affichaient, tracé d'une main hésitante, le tarif de leurs moules-frites. Des familles modestes prenaient le temps de la promenade, s'attardant à des détails qu'elles trouvaient amusants, telle voiture décapotable

1. *Pré salé* : pâturage proche de la mer.
2. *Apathie* : manque d'énergie, de volonté.
3. *Modique* : faible, bas en parlant d'un prix.

– et l'on jetait un coup d'œil au compteur –, un matériel de pêche en vitrine, des appelants[1] parfaitement imités. Les hommes ne craignaient pas de montrer leurs torses nus au-dessus des shorts, et décidaient gravement, aux terrasses des cafés, du choix des boissons pour les enfants.

Antonio se fit indiquer la poste. C'était une de ces petites maisons semblables aux autres, et que seule l'enseigne jaune singularisait. À l'intérieur, il consulta le Minitel. Chambon, il y avait bien un Chambon au Crotoy, mais le service s'était engagé à ne pas communiquer cette adresse.

Ce n'était pas grave. Il sortit de la poste et prit au pif la direction du bord de mer. Pas grave du tout. Il interrogerait à droite et à gauche, il regarderait les noms aux boîtes à lettres des pavillons qui, maintenant, à mesure qu'on approchait de la plage, s'espaçaient de plus en plus.

Ce fut au détour d'un coin de rue que la baie lui sauta aux yeux. C'était marée basse. Elle scintillait, immense, sous le soleil, et semblait se fondre jusque dans le ciel, uniquement rompue par des bandes d'oiseaux qui prenaient lentement leur envol. Pas grave du tout. Véronique était là, il le sentait, près de lui, à quelques mètres peut-être. Il la rencontrerait. Il en avait la certitude.

XXI

La chaleur ne diminuait pas, et comme Véronique faisait à pied les trois kilomètres qui séparaient

1. *Appelants* : terme de chasse qui désigne des oiseaux captifs que l'on poste pour attirer ceux qui sont en liberté ; ici les appelants sont de faux oiseaux en bois ou plastique.

Montmirail de la maison, elle dut s'asseoir à l'ombre d'un bouquet d'arbres pour récupérer un peu. Sa chemisette lui collait à la peau, elle s'effrayait, en touchant ses joues, de les trouver si brûlantes. Je dois avoir l'air d'une folle, se dit-elle. D'ailleurs, je suis folle. Qu'est-ce que je vais leur raconter ? Bonjour, je passais par là. Elle haussa les épaules. Venir prendre des nouvelles de Kevin ? Oui, oui, je sais, il est en vacances, mais justement... Ce serait vraiment dégueulasse, dit-elle, cette fois à voix haute. Tu n'as jamais aussi peu pensé aux enfants qu'en ce moment.

Non, ce qu'il faut, c'est leur parler de mes vacances. Finalement, je n'en ai pas pris cette année. Je sais que vous en prendrez vous-mêmes le mois prochain. Une petite visite pour rafraîchir notre amitié, en attendant de nous revoir en septembre. Voilà, beaucoup de naturel. Mais n'importe quoi, oh mon Dieu, n'importe quoi pourvu que je le voie.

Elle parvint à la grille sur le coup des cinq heures de l'après-midi. Son cœur se mit à battre la chamade [1] quand elle aperçut la voiture garée non loin du petit perron. Elle avait vaguement espéré qu'ils ne fussent pas là, elle avait remis à une sorte de fatalité le soin de décider si oui ou non, elle ferait le grand saut. Elle ferma les yeux et inspira profondément avant de pousser le portail. Elle ferait le grand saut.

Du fauteuil où il était assis, dans l'ombre de la terrasse, fumant une cigarette et ne songeant à rien de précis, Georges la regarda avancer. Elle ne l'avait pas vu et remontait l'allée d'un pas déterminé. Lorsqu'elle atteignit la porte, avant de sonner, elle donna un peu d'air par l'échancrure de son vêtement, rectifia l'ordonnance de quelques cheveux sur son front et

1. *Battre la chamade* : battre très fort.

rencontra enfin les yeux de Georges. Pardon, s'excusa-t-elle, comme prise en faute. Georges, répondit Georges. Je suis tout seul ici. Il n'y a personne.

Ils sont partis en vacances. À la montagne, ajouta-t-il. Véronique et lui se trouvaient à présent dans la cuisine. Il lui avait proposé à boire. Elle ne voulait qu'un verre d'eau. Il la regarda attentivement tandis qu'elle le vidait. Elle était gênée que ce gros homme la détaillât ainsi, non par intérêt de sa part, mais parce qu'elle sentait qu'il cherchait une chose au-dedans d'elle. Si la rougeur de ses joues ne diminuait pas, ce n'était plus à cause de la chaleur. Nous avons dû nous rencontrer à cette fête, je crois, finit-elle par dire, et elle se détestait d'entendre sa voix si haut perchée, si mal assurée, presque mondaine.

Il attendit qu'elle eût reposé son verre pour la prendre doucement par le coude, venez, il faut que je vous montre quelque chose. Elle se laissa mener à l'étage, non sans appréhension [1]. Parvenu là-haut, il poussa une porte en annonçant, voici la chambre de Kevin.

Mais j'ai déjà visit…

Non, mademoiselle, non, ou alors : vous ne l'avez pas fait avec assez d'attention. Il s'effaçait pour la laisser passer. Voyez-vous comme tout est propre ici, rangé, paisible ? Il montrait les peluches alignées côte à côte, les jeux de construction dans leurs boîtes, la petite bibliothèque. On aurait dit d'un guide oriental invitant à se pencher de plus près sur des miniatures dont le détail échappait, en général, au public. Regardez ce lit aux draps si bien tirés, repassés peut-être. Je suis sûr qu'en – il se baissait vers l'oreiller – le sentant, oui, c'est le cas, on a parfumé le linge avec un

1. *Appréhension* : crainte.

adoucissant. C'est un lit où l'on doit dormir sans terreur, sans cauchemars. Sentez, sentez donc. Elle s'empourpra [1] en obéissant.

Puis il la fit entrer dans la chambre des parents. Elle était également impeccable [2]. Il expliqua comment, quoiqu'il eût toute liberté dans la maison, il préférait dormir sur le canapé, en bas. Qu'occuper cette pièce en haut – il eut alors un geste doux, ou timide, de l'épaule – lui paraissait tenir du sacrilège [3]. Il vit que Véronique regardait la paire de bottes, dans un coin, à côté de l'armoire paysanne, ces texanes pour lesquelles Anne-Marie avait craqué avec aplomb, comme par défi, un demi-mois de salaire. Vous connaissez l'histoire? demanda-t-il. Oui? Elle pense à présent qu'elle a fait une connerie. Moi, je continue de trouver que c'est un beau geste. Un beau geste de femme.

Il avait ouvert l'armoire, et tiré de sous la plus haute pile de linge un album photos, de ce modèle épais, où l'on peut rajouter des pages et qu'on achète encore chez des photographes de province. Il avait fait signe à Véronique de s'asseoir à côté de lui, sur le lit, et, comme la fois précédente, elle n'avait su refuser.

Les premiers clichés, en noir et blanc, aux bords dentelés, montraient des mariés qui avaient été jeunes dans les années soixante. Elle ne reconnaissait personne, à l'exception – peut-être, elle n'en était pas sûre – du père d'Antonio. Il y avait de la fierté dans ces visages d'hommes et de femmes, et surtout : une

1. *S'empourpra* : devint pourpre, c'est-à-dire toute rouge.
2. *Impeccable* : signifie parfaite, sans défaut, mais aussi au sens étymologique et religieux exempte de tout pêché (comme ici celui de l'infidélité). Ce sont cette innocence et cette pureté que Georges, par cette visite, veut montrer à Véronique.
3. *Sacrilège* : manque de respect envers quelque chose de sacré, de vénérable.

confiance inouïe dans l'avenir. Un sourire lézardé [1], pourtant, déjà, en arrière-plan, par de pauvres choses, des fleurs artificielles, un jardin prêté pour l'occasion, des voitures luxueuses, mais louées. Georges tournait les planches une à une et s'abstenait de commentaires.

Enfin, on vit apparaître – nettement – Antonio. Il pouvait avoir huit ou neuf ans. Il se tenait crânement, les jambes écartées, trop maigre, le haut des cheveux coupé par un cadrage malhabile, devant l'objectif massacrant les couleurs. On voyait une table de ping-pong derrière. Je l'ai connu à ce moment-là, dit Georges, brisant le silence. Il arrivait de Porto [2]. Comme il ne parlait pas encore français, il n'avait pas d'amis. Il me racontait les femmes qui attendent, le soir, le retour des bateaux dans l'estuaire [3], et qui aident leurs hommes à les remonter sur le rivage. C'était une obsession. La mer lui manquait. Vous savez, mademoiselle, je crois qu'il me racontait ça en portugais et que je comprenais. Je sais que cela peut paraître invraisemblable.

Puis ce fut au tour d'Anne-Marie d'arriver dans l'album. Elle tient Antonio par la main, ils ont l'air extrêmement enfantins. Lui porte un costume trop grand. Elle, une de ces robes de mariée qu'on aura achetée, en se saignant aux quatre veines, à Château-Thierry ou bien à Meaux. Malgré son très jeune âge, elle a quelque chose d'étonnant dans le regard, de farouche, ou de volontaire, et qui dit la conquête d'un mari, de descendants à venir, et d'une maison à eux.

Après, ce sont des vues de Kevin nourrisson.

Je continue ? vient de demander Georges.

---

1. *Lézardé* : qui trahit une faille intérieure.
2. *Porto* : grande ville du nord du Portugal.
3. *Estuaire* : embouchure d'un fleuve sur une mer.

XXII

À mesure que les jours passaient et que diminuait en lui l'espoir de rencontrer Véronique, Antonio ne parvenait pas à concevoir de l'amertume. Il lui semblait que le grand feu qu'il avait éprouvé en arrivant ici se réduisait à un foyer de proportions plus modestes, mais durable, une boule de chaleur qui ne cessait pas de l'habiter, au creux de l'estomac, et qui transformait sa vie.

S'il avait commencé, au début, en multipliant les excuses fallacieuses[1] auprès d'Anne-Marie, par arpenter les rues et les avenues à la recherche du nom de Chambon, s'il avait bu de nombreux cafés dans les bistrots, aux seules fins d'interroger les habitants de l'endroit, il lui suffisait, maintenant, de marcher le long de la plage, sur la promenade bordée de grands hôtels blancs, pour que Véronique, d'une certaine façon, lui apparût. Ce n'était presque rien, c'était une certaine lumière, c'était la vision d'une mouette immobile sous le vent, fichée dans le grand ciel bleu, il était persuadé qu'au même moment, Véronique voyait cela comme lui.

Et même si par extraordinaire, elle n'était pas au Crotoy, ça n'avait pas beaucoup d'importance, puisqu'ils se reverraient en septembre, à la rentrée. Il lui raconterait comment elle était avec lui dans ce port du Nord, promenant sa main sur des rambardes écaillées de sel parce qu'il savait qu'elle les avait elle-même touchées, s'arrêtant au fronton[2] d'une villa parce qu'elle avait dû également le trouver peu commun.

1. *Fallacieuses* : fausses.

2. *Fronton* : ornement, souvent triangulaire, au-dessus de l'entrée d'un édifice.

Il n'avait jamais écrit que des listes de fournitures, des mesures de maçonnerie. Il se surprenait maintenant à rédiger, dans sa tête, des sortes de cartes postales, et qu'il lui destinait tout aussi mentalement. Il s'écartait du village, il allait s'asseoir au milieu des dunes qui sont vers la pointe de Saint-Quentin. Là, il lui disait l'odeur du sable, les fins oyats [1] descendant les pentes, la brillance de cette ligne, au bout de l'horizon, qui marquait la fin de la baie et le début de la mer. Il lui disait les sensations qu'il avait crues perdues depuis son enfance et qu'il retrouvait avec le sentiment du merveilleux. Puis, parce qu'il fallait bien, à un moment ou à un autre, se lever, regagner le camping-car, interrompre la correspondance, il achevait toujours celle-ci par le même mot : merci.

Dans le même temps qu'il se refusait à y penser, il avait conscience, de manière obscure, qu'Anne-Marie savait. Elle avait recommencé à fumer de façon anormale et, si le rythme de ses nausées avait décru, elle n'en restait pas moins affaiblie. La nuit, il pouvait sentir, à côté de lui, qu'elle ne dormait pas. Au matin, elle se réveillait avec des traits tirés qu'il ne lui avait jamais connus.

Insensiblement, jour après jour, des détails venaient s'ajouter à la liste des changements, ainsi de ces nuages qui s'accumulent avant l'orage, et qu'on feint d'ignorer. Depuis quand ne l'avait-il pas entendue chantonner, de cette voix de basse qu'elle prenait exprès, ou rire ? Ils ne se touchaient plus.

Parfois, l'espace d'une seconde, il était épouvanté de constater qu'au fond de lui-même, il aurait aimé lui dire à quel point il était heureux.

1. *Oyats* : plantes utilisées pour la fixation du sable des dunes.

XXIII

Elle a commandé un taxi. Il sera en bas, lui a-t-on dit, dans un quart d'heure. Tout est déjà à poste [1] sur le palier et « tout » tient dans pas grand-chose : trois valises, les violons dans leurs étuis. On lui livrera le secrétaire, les deux chaises quand elle connaîtra sa nouvelle adresse. Le propriétaire lui a remis sa caution [2]. L'achat et la pose de la fenêtre tiendront lieu de mois de préavis [3].

Elle rend l'endroit comme elle l'a trouvé, vide, propre. Elle avait toujours imaginé pouvoir partir du jour au lendemain, sans regret, et ce n'est pas le cas. Elle a fermé à demi le volet, il rentre un rayon de soleil qui s'en va frapper les poutres, et caresser l'un des murs blancs.

J'étais bien ici, dit-elle à voix haute, comme un remerciement à l'égard du lieu qui l'avait enclose [4] et – elle ne s'en rend compte que maintenant – protégée mieux que nul autre. Elle se revoit, les soirs d'hiver qu'il faisait si froid dehors, pelotonnée dans ses oreillers, à lire des romans interminables et bons. Elle ne se souvient pas d'être arrivée ici, chaque fois qu'elle rentrait du travail, sans une sorte de soulagement, l'hostilité, comme la froidure, ne passait pas la porte.

1. *À poste* : signifie ici que tout est prêt.
2. *Caution* : somme versée pour servir de garantie lorsque l'on emménage.
3. *Préavis* : délai entre l'annonce de son départ (d'une location, d'un emploi…) et le départ lui-même.
4. *Enclose* : entourée.

Et, quoiqu'il fasse chaud – la canicule n'a pas cessé à Montmirail, en ce tout début du mois d'août –, elle frissonne. Elle ferme les yeux. Elle va partir, elle doit partir, mais il n'y a pas de courage en elle. Il n'y a que de la peur et le sentiment d'une injustice. Pourquoi faut-il que les départs soient le lot de ceux qui les détestent ?

On a klaxonné, en bas. Elle s'est fait aider du chauffeur pour descendre les bagages. Il s'éponge le front dans l'escalier, putain de chaleur, dit-il. Et puis : Pardon, ma petite dame.

Dans la rue du Docteur-Farny, elle continue de frissonner. Il lui faudrait un châle, ou un pull. Tout cela est resté dans les valises. Le mur d'enceinte du château, ceux de l'église et de la manufacture, ont viré au blanc mat. On ne voit personne sur les trottoirs, des chiens languissent dans l'ombre. C'est le Mexique, dit encore le chauffeur. Vous prenez le train du soir ? Vous allez être très en avance.

XXIV

Lorsqu'ils revinrent du Crotoy, Antonio avait appris la patience. Un mois et demi le séparaient de la rentrée scolaire, ce n'était rien. Il y avait tant de plénitude en lui, dorénavant, qu'il aurait pu attendre davantage.

Le soir qu'ils arrivèrent, ils dînèrent avec Georges, qui récupéra son camion et ne parla pas de mademoiselle Chambon. Le lendemain, ils allèrent chercher Kevin à la gare, de retour de Bretagne. Avec lui, Anne-Marie retrouva des couleurs. Il restait quinze jours de vacances à prendre à Condat, où elle avait de la famille éloignée. Puisqu'Antonio avait épuisé les siennes, elle s'y rendrait seule avec son fils. Elle s'en faisait, cette fois, une fête.

La vie reprit à la maison. C'est une vie faite de petites contraintes, de bonheurs au centimètre. Le ciel avait changé depuis leur départ. Il avait plu. On s'étonnait de voir la pelouse si haute, et tellement de fleurs fanées. Il faudrait tondre, et puis couper.

Le chantier avait avancé. Antonio s'y jeta tête baissée. Mais le soir, en revenant, il passait souvent par la rue du Docteur-Farny. Il adressait des pensées à la fenêtre close par le volet.

Les orages se multiplièrent, aux derniers jours du mois d'août, au point qu'il fallut quelquefois arrêter le travail. Enfin ce fut septembre. La rentrée aurait lieu le 14.

Le 12, ils se rendirent tous ensemble à Château-Thierry, pour ce qu'il [1] y avait là-bas des supermarchés moins coûteux. Kevin avait beaucoup grandi pendant les vacances. Il s'agissait de renouveler sa garde-robe et ses fournitures. Ils lui prirent de ces sweat-shirts, dans les tons vert foncé, de ces pantalons de velours à grosses côtes, qui prévoient pour bientôt les feuilles tombées des platanes dans les cours de récréation, les lumières qu'on allume à dix-huit heures, le cartable avec lequel on se protège la tête, pour éviter d'être trempé. Antonio s'acheta, lui, une chemise qu'il jugeait élégante, bleue rayée de bandes parme, avec de petits boutons nacrés au col.

Le soir, en revenant, ils rencontrèrent leurs futurs voisins, un couple qui avait acquis le terrain attenant,

1. *Pour ce qu'il* : parce qu'il.

et affiché le permis de construire. Ils l'invitèrent à prendre l'apéritif. La femme attendait son premier enfant, l'homme était fonctionnaire à Paris. Ils évoquèrent les avantages qu'il y avait à vivre à la campagne, avant qu'Anne-Marie entraînât l'épouse à la découverte de la maison. Antonio en profita pour placer l'entreprise dans laquelle il travaillait, et nota l'adresse de Van Hamme sur un bout de papier.

Ils avaient décidé, d'un commun accord, d'accompagner tous deux Kevin, le premier jour. Ainsi pourraient-ils se présenter à monsieur A., son nouvel instituteur, et qu'ils avaient déjà aperçu, entre deux couloirs, l'année précédente.

Le 14 au matin, Antonio se leva plus tôt que de coutume, se rasa avec soin, lissa ses cheveux à l'eau de Cologne et enfila la chemise bleue, à bandes parme, qui laissait voir les petits boutons nacrés.

C'était la cohue, à l'entour [1] du cours catholique. Ils durent remonter vers la manufacture pour se garer, Anne-Marie connaissait une place.

À l'intérieur, le hall assombri plutôt qu'éclairé par le verre cathédrale révélait un magma d'enfants courant en tous sens, le cartable sur le dos. On reconnaissait les maîtres à ce qu'ils dépassaient, semblables à des nageurs, l'eau à la taille, hésitant encore à s'y jeter. Antonio, le cœur à rompre, guettait le moment qu'il verrait Véronique. Enfin, ils purent serrer la main de l'enseignant. Mademoiselle Chambon n'est pas là? demanda avec désinvolture Anne-Marie. Nous aimerions la saluer.

1. *À l'entour* : autour.

Monsieur A. était obligé de crier dans le vacarme ambiant. Elle nous a joué un sale tour, madame, répondait-il. Elle est partie le mois dernier. Pour le moment, nous n'avons pas de remplaçante.

Toute la journée, Antonio travailla machinalement, oublieux de ce qu'il avait fait l'instant d'avant, ou bien constatant après coup qu'il avait achevé l'enduit[1]. En fin d'après-midi, il alla rendre des étais[2] supplémentaires, et qu'une entreprise amie leur avait prêtés. Puis il se dirigea en direction de la maison. Y renonça subitement. Fit demi-tour.

Le chemin ne donnait plus sur des épis, la moisson était terminée depuis longtemps. Plutôt que de brûler les chaumes, le propriétaire des champs les avait enfouis. Ce n'était plus à présent qu'une immense surface de terre épaisse, presque noire. Au milieu des mottes sur lesquelles on passerait bientôt la herse, on pouvait voir l'or autrefois brillant des tiges, maintenant piétiné, boueux.

Avec le soir, il montait de la Chaussée de Mécringes, à main gauche, un brouillard humide. Le rideau de peupliers, non loin, perdait déjà des feuilles. De la forêt, derrière, parvenait une odeur de moisi, mêlée à celle du bois mort, quand on le gratte de l'ongle. Montmirail, en face, paraissait s'enclore sur elle-même, à la manière de ces grilles de château dont le mouvement s'ébranle doucement. Elles ne sont plus ouvertes, elles ne sont pas encore fermées.

Antonio était pris d'un tremblement inextinguible[3],

1. *Enduit* : revêtement mural.
2. *Étais* : pièces de charpente destinées à soutenir provisoirement un plancher, un mur...
3. *Inextinguible* : qu'il est impossible d'arrêter, d'apaiser.

il avait beau se frictionner, cela ne changeait rien. Le froid qui l'envahissait était pire que le froid de la terre. Il voyait l'hiver rouler dans la pente, un hiver qui n'en finirait pas. La nuit commençait de tomber. Il n'imaginait pas qu'elle s'achèverait non plus.

Lorsqu'il revint chez lui, Anne-Marie mettait la table et Kevin l'aidait. Tu rentres tard, dit-elle. Sans répondre, Antonio gagna le salon, jeta les clefs de la voiture sur la table basse et s'allongea sur le canapé, les yeux au plafond. Sa vie, son avenir, ne lui étaient jamais apparus avec autant de netteté. Il continuerait de travailler à soixante-quinze francs de l'heure. Peut-être un jour, s'il persistait à ne pas enfiler le masque pour meuler, aurait-il, comme son père, les poumons pris. Il se battrait pour obtenir une pension. Quatre mille francs par mois. Il serait alors contraint, toujours comme lui, de cultiver un potager, de faire un peu d'élevage.

Il se tourna vers la cuisine, où l'on voyait Anne-Marie s'affairer. Il pensa aux bottes, là-haut. Plus tard, se disait-il, quand elle rentrerait de la manufacture, vieillie, avec deux enfants pour lesquels on pourrait encore moins dépasser le budget, elle les regarderait avec émotion, ces texanes. Le père Noël sera passé une fois dans l'existence – et ce n'est pas moi qui les lui ai achetées.

Il se leva et reprit les clefs de la voiture. Alors qu'il passait devant la cuisine, où vas-tu ? demanda-t-elle.

Il s'arrêta pour la regarder, une seconde.

Je t'en pose, moi, des questions ?

Pendant le trajet, il songea qu'ils ne s'étaient jamais parlés ainsi. Soudain, malgré lui, il freina. Une pensée venait de lui traverser l'esprit.

Que s'était-il passé ?

Et la réponse était : rien.

Il connaissait l'adresse, il n'était plus venu de longue date. Des murs hérissés de tessons [1] de bouteilles ceignaient la propriété. Il gara la voiture devant le portail. Au-dessus de l'Interphone, éclairé par une veilleuse, il y avait un de ces appareils vidéo qui permettent de savoir qui sonne. Lorsqu'il appuya sur le bouton, une lumière s'alluma. Il y eut un temps, enfin les portes s'ouvrirent automatiquement.

Van Hamme l'attendait sur le seuil. J'ai patienté longtemps, disait-il. Mais je savais bien que tu nous rejoindrais.

Derrière son dos, au bout du hall, on pouvait voir Mallard, ainsi que deux hommes qu'il ne connaissait pas.

Je t'en prie, entre, insistait Van Hamme. Nous avions justement prévu une petite réunion. Très informelle [2].

Bienvenue parmi nous.

---

1. *Tessons* : débris tranchants.
2. *Informelle* : qui n'est pas officielle.

Dossier

Mademoiselle Chambon, un livre

Le roman que vous avez entre les mains est avant tout un livre, un objet, dont la conception est assurée par différents acteurs : l'éditeur, le correcteur, le maquettiste (pour la mise en page qui est aujourd'hui faite par ordinateur), l'iconographe (pour la recherche d'image et/ou d'illustrations)... Observez bien l'édition de ce roman et répondez aux questions suivantes :

A Regardez la première de couverture (c'est-à-dire la couverture) : quelles informations fournit-elle ? Analysez l'illustration : renvoie-t-elle à une scène du roman ? met-elle en valeur un personnage ? pensez-vous qu'elle rende bien compte du roman ? quel est le but ultime de cette couverture ?

B Tournez maintenant le livre pour analyser la quatrième de couverture (c'est-à-dire le dos du livre). Quelles informations cette couverture dispense-t-elle ?

C Que désignent les sigles © (c'est-à-dire copyright) et ISBN sur la page de gauche qui précède la présentation du texte ?

D Ce roman appartient à la collection nommée « Étonnants Classiques ». Analysez ce que connote le titre de cette collection. Quelle figure de style peut-on repérer dans ce titre ? Pourquoi, à votre avis, l'éditeur a-t-il choisi de publier ce roman dans cette collection ?

Mademoiselle Chambon et la critique

La presse est aujourd'hui l'un des lieux où se décide le sort d'un roman. Ainsi, la promotion et le succès d'un livre peuvent se jouer à quelques articles critiques...
Voici deux articles critiques qui ont été écrits en 1996 au moment de la parution de *Mademoiselle Chambon*.

Le Figaro Magazine, 28 septembre 1996

« UN CONTE DE FÉES EN ZONE PAVILLONNAIRE »

Montmirail, chef-lieu dans la Marne. Antonio, maçon d'origine portugaise, et Anne-Marie, ouvrière à la chaîne, y vivent un bonheur paisible. Jusqu'au jour où Antonio, parti chercher son fils Kévin à l'école, fait la connaissance d'une institutrice, mademoiselle Chambon, qui n'aime pas son prénom. Pourquoi et comment tombe-t-on amoureux? Il peut suffire d'entendre une maîtresse d'école jouer du violon pour découvrir des sentiments qu'on ne soupçonnait pas... On le sait : Éric Holder excelle à retranscrire les petits riens de la vie. Avec *Mademoiselle Chambon*, l'auteur de *En compagnie des femmes*, récent prix Roger-Nimier, poursuit son exploration émerveillée de la province française et de la géographie du cœur. Il nous livre ici un véritable petit conte de fées qui se déroule sur fond de zones pavillonnaires et de barbecues dans le jardinet.

JEAN-RENÉ VAN DER PLAESTEN

La Vie, 29 août-4 septembre 1996.

[Cet article fait suite à un portrait d'Éric Holder.]

SON DERNIER ROMAN
« *Mademoiselle Chambon* »

C'est le jour où sa femme Anne-Marie, ouvrière d'usine, terrassée par la grippe, n'a pas pu aller chercher leur fils Kévin à l'école, qu'Antonio le maçon portugais est tombé amoureux de la « maîtresse », Melle Chambon. L'inattendu est que la demoiselle, elle aussi, a succombé à la même minute. Mais ces deux-là, persuadés d'avoir comme tous les humbles à tenir leur rang, ne se diront jamais rien, ou si peu. Ils inventeront mille et un stratagèmes pour se frôler, s'émouvoir comme deux collégiens rêvant de flirter dans le noir. Tout cela ne serait qu'une aimable bleuette si l'histoire ne prenait corps avec celle d'un pays, « *Montmirail, Marne, 51* ». Et si elle ne disait, à mots comptés, l'incroyable injustice des fossés culturels qui finissent par condamner une institutrice à fuir sans laisser d'adresse, et un homme à rester à sa place, à renoncer aux sonates pour violon et, rentrant définitivement dans le rang, à rejoindre dans ses activités d'agitateur populiste un patron qui le possède et qu'il méprise. Sous les mots tranquilles comme les sables de la baie du Crotoy où Véronique s'évanouit, toute la cruauté du monde.

1. Où sont indiqués les renseignements concernant l'«objet» livre?
2. Identifiez les différents éléments qui composent ces articles critiques.
3. Quels jugements portent les deux journalistes sur le roman? Comparez-les.
4. Quel sens attribue-t-on au terme de «critique» dans l'univers des médias?
5. Analysez le titre de l'article du *Figaro Magazine*. Pensez-vous qu'il rende bien compte de l'ensemble du roman?

L'analyse du cadre spatio-temporel

Le cadre principal : Montmirail.

À travers ces différents extraits du roman, montrez ce que représente cette ville. Quelle image donne-t-elle de la province? N'oubliez pas, à chaque fois que cela est possible, de justifier votre réponse par une analyse précise du texte.

1. «On est à Montmirail, Marne, 51. Les hivers y ont également un goût d'encre. Et le printemps arrive tard. Il semblerait que la préoccupation majeure des habitants – guère plus de huit mille – soit de ne pas faire de bruit. Les maisons, dans les rues, ne sont ni austères ni accueillantes. Elles intiment de vivre au rythme de ce qui est indiqué : la guerre autrefois, à présent l'impôt, ou la redevance, ou le coût de la Sécurité sociale. On n'y est pas poli – à quoi bon? On n'y est pas bourru non plus.» (Chap. I, p. 20.)
2. «Il faut avoir grandi, puis vivre dans un même bourg de la province profonde pour éprouver le poids de l'enlisement, les grandes espérances ramenées aux proportions d'un compte bancaire, l'ennui auquel on n'échappe plus que par d'infimes détails : un magasin qui ouvre, la fer-

meture d'un ancien, le vote, au conseil municipal, d'une nouvelle fontaine. (Chap. IV, p. 36.)
La cité elle-même paraît se déliter, ses contours en deviennent flous. L'esprit, faute de surprises, renonce à être curieux des formes et des gens. On ne parle plus aux camarades d'école dont on croit tout savoir. Les grands moments de l'histoire proviennent d'un lointain qu'au fond, on n'imagine même pas. Il y a eu repli contre soi : dans le travail, ou bien l'on a fondé un foyer, ou bien l'on boit. »

Le cadre temporel

Ce n'est pas par hasard si l'histoire d'amour entre Antonio et Véronique se déroule de février à septembre…

1. Reprenez rapidement le fil de l'histoire et montrez qu'il y a correspondance entre évolution des sentiments et cycle des saisons. Vous pouvez vous aider de l'extrait qui suit.

2. Lisez cet extrait du chapitre IX, qui met en scène Antonio, après la pose de la fenêtre chez Véronique :

« C'était un de ces sentiers dont même les cadastres ne gardent pas la trace, et qui ne servent qu'à amener les tracteurs un champ plus loin. Il n'aboutissait à rien, c'est-à-dire au sommet de la colline, d'où l'on pouvait voir, au-delà de l'étendue du blé qui commençait à se former, Montmirail.

Le vent ridait le blé comme de l'eau. Montmirail, d'ici, tenait dans la main, une cité fragile, tout à coup, flanquée sous tant de ciel bleu. Il rembobina la cassette, moteur à l'arrêt cette fois, appuya sur « play » quand il jugea qu'il y était. Augmenta le volume.

Plus tard, souvent, il reviendra au bout de ce chemin. Le blé mûrira, des orages auront créé des verses dans les épis. Puis, la moissonneuse passée, ce sera sur les chaumes que planera la sonate pour violon seul, toutes portières ouvertes, tandis qu'il verra les cheveux courts et noirs effleurer l'instrument, enfin ce sera sur la terre nue, remuée à grosses mottes, épaisse, huileuse presque, des corbeaux s'y abattront, mais là, ce sera l'hiver, et la chape posée sur le souvenir de mademoiselle Chambon regardant comme lui les champs en juillet, Montmirail, au loin, s'allume, la nuit tombe. » (Chap. X, p. 64.)

3. En quoi ce lieu champêtre s'oppose-t-il à Montmirail ? Aidez-vous des éléments soulignés.
4. Analysez l'expression suivante qui décrit le sentier : « il n'aboutissait à rien ». En quoi peut-on dire que cette phrase et le dernier paragraphe sont une sorte de résumé de l'intrigue ?

La métamorphose d'Antonio

1. Voici un extrait du chapitre IV : Antonio croise Véronique Chambon dans une rue de Montmirail :

« Lorsqu'il vit apparaître mademoiselle Chambon à l'autre bout du trottoir – elle l'avait reconnu dans le même temps que lui –, il se passa un phénomène étrange. Il eut le sentiment très net, une fraction de seconde, d'errer dans une rue, pour le coup, inconnue. Un détail, de manière absurde, retenait son attention du côté opposé : une frise en céramique qui soulignait quatre fenêtres, et dont il ne se rappelait pas avoir déjà remarqué la présence. Et tandis que mademoiselle Chambon avançait, il constatait, en se maudissant, qu'il ne pouvait détacher ses yeux de la frise en céramique.

Quand vint le moment de la croiser, il se vit alors lui-même, en pied, avec la cotte salie qu'il n'avait pas quittée, ses lourds godillots de chantier, ses cheveux où le plâtre adhérait en grumeaux.

Elle sentit cela de façon tangible lorsqu'il fut devant elle : sa gêne, la honte des grumeaux dans les mèches qui lui tombaient sur le front, et qu'en une fraction de seconde également, elle imaginait détacher un à un, comme on épouille. Elle avait dit bonjour la première, et cette politesse s'étirait dans l'air, s'installait calmement dans sa timidité à lui. Elle portait cette robe récemment achetée. Cela le rendait plus gauche encore. » (Chap. IV, p. 36-37.)

• Que ressent Antonio face à Véronique ? Pourquoi ?
• Que se passe-t-il lorsque Antonio aperçoit Véronique ? De quoi la « frise en céramique qui [souligne] quatre fenêtres » est-elle symbolique ? Quelles sont les connotations liées au verbe « apparaître » ?

2. Trouvez dans les extraits suivants d'autres éléments qui prouvent la métamorphose d'Antonio.

1. « Il prenait sur lui maintenant, rentré à la maison, d'aider Kevin à faire ses devoirs. Cela se bornait en général à l'écouter réciter ses leçons. Le savoir de son fils étonnait Antonio qui tâchait d'apprendre lui aussi, penché au-dessus du livre, épaule contre épaule, des mots, des chiffres, des dates. » (Chap. VI, p. 45.)

2. « Un nouveau sentiment, en revanche, s'installait en lui, celui de porter davantage d'attention à ce qui l'entourait. Non point à Anne-Marie, donc, ni même à ce qu'il faisait, mais au monde proche, à la couleur du ciel, à une certaine lumière passant à travers un rideau d'arbres, à la paix qui émanait d'un crépuscule. Il lui semblait jusqu'à présent avoir été atteint d'une sorte de myopie, comme si sa vue s'était bornée à deux pas de lui et que le reste fût confondu dans le flou. Un espoir naissait dans cet œil recouvré, il aurait été en peine d'expliquer cela.

Ainsi, observant longuement le travail d'un insecte – ce qu'il ne se rappelait pas avoir fait de longtemps –, il s'émerveillait de sa patience, de sa dextérité, il regrettait de ne pas connaître son nom et se promettait confusément d'acheter un livre, pour en savoir un peu plus. Un jour qu'il traversait Rieux – un village voisin où il était passé de nombreuses fois –, il avait été frappé par l'agencement de l'endroit : quelques maisons en vieilles pierres, une modeste église par-dessous, la colline venait mourir moelleusement sur des prés entretenus, aux pommiers taillés par les bêtes, un ru, enfin, creusé par le temps, et tel un coup de couteau dans la terre franche, cernait impeccablement le tout. Il avait ralenti, s'était entendu dire, c'est beau. Sa voix avait résonné drôlement dans l'habitacle, il avait répété sa phrase, pour l'écho que ces mots nouveaux faisaient naître en lui, "c'est beau". » (Chap. XIII, p. 75-76.)

La voix de Véronique et le silence d'Antonio

Voici un extrait de la fin du chapitre XIII et du début du chapitre XIV :

« Il ne pensait pas à mademoiselle Chambon. Il restait au bord de cela, ne faisant qu'entrevoir, comme au travers des fentes d'un volet, ce qui pourrait arriver, et dont aucun mot, alors, ne pourrait non plus rendre compte. Parfois, il s'empêchait si fort de penser à elle, il en avait mal au ventre. Et, plié en deux, de tenir ainsi avec les mains son estomac noué, il concevait une sorte de vertige, son corps lui-même se révoltait contre, à proprement parler, sa volonté.

XIV

Montmirail, 6 juin, le soir.
Je suis en train de faire la plus grosse connerie qui soit.
Anne-Marie est devenue mon amie.
Nous étions convenues qu'elle viendrait me chercher en voiture, ils habitent à quelques kilomètres, une maison récente avec un petit terrain autour. J'étais un peu angoissée, en arrivant. »

1. Que remarquez-vous quant à l'énonciation ?
2. Antonio paraît-il capable d'analyser et d'exprimer ses sentiments ? Aidez-vous pour répondre des termes soulignés. Comment se traduisent ses sentiments ? Qu'en est-il de Véronique ?
3. Comment expliquer ce choix narratif ? Dans quelle mesure peut-on dire qu'il est motivé par le caractère même des deux personnages ?

Une fin pessimiste ?

Au chapitre VIII, Van Hamme, le patron d'Antonio découvre que celui-ci a travaillé sans l'en avertir chez mademoiselle Chambon ; il lui tient alors ce discours :

« Van Hamme, avec une sorte d'indolence, repliait le

papier, le remettait dans sa poche. Tu me prends vraiment pour un con, Antonio. Ce que je te reproche, c'est de faire un petit "noir", un noir minable, tu passeras un week-end là-dessus pour gagner cinq cents francs, même pas cinq cents francs, je le vois à ta tête. Et ainsi toute ta vie, tu traîneras des petites idées de petit maçon portugais.

Mais tu es lent, Antonio, un jour tu viendras avec moi – il l'observait par-dessous ses paupières mi-closes, un jour, tu en auras marre de ta petite vie de merde, d'être obligé de compter pour acheter une meuleuse, et c'est qu'il y a les emprunts ! Marre d'être le seul à tenir chez Van Hamme, à l'exception de Mahmoud-la-chèvre et Mallard-le-taré, marre du salaire que je te file, marre qu'Anne-Marie se cogne la manufacture semaine après semaine, et jusqu'à quand ?

Un jour, Antonio, tu voudras me tutoyer. »

1. Que signifie, d'après vous, « Un jour, Antonio, tu voudras me tutoyer » ?
2. Quel tableau fait Van Hamme de la vie d'Antonio ?
3. Que lui propose-t-il ? Qu'est-ce que cela signifie ? Aidez-vous de ce que l'on sait des activités politiques de Van Hamme.
4. Le roman se clôt sur l'arrivée d'Antonio chez Van Hamme. Comment interpréter cette décision d'Antonio ?

DERNIÈRES PARUTIONS

ANDERSEN
La Petite Fille et les allumettes et autres contes (2171)

AU NOM DE LA LIBERTÉ
Poèmes de la Résistance (2106)

BALZAC
Ferragus (2148)

BAUDELAIRE
Les Fleurs du mal (2115)

BERNARDIN DE SAINT-PIERRE
Paul et Virginie (2170)

LA BIOGRAPHIE (2155)

CARRIÈRE (JEAN-CLAUDE)
La Controverse de Valladolid (2164)

LA CHANSON DE ROLAND (2151)

CEUX DE VERDUN
Les écrivains et la Grande Guerre (2134)

LES CHEVALIERS DU MOYEN ÂGE (2138)

CHRÉTIEN DE TROYES
Lancelot ou le Chevalier de la charrette (2116)

COLLODI
Pinocchio (2136)

CONTES DE L'ÉGYPTE ANCIENNE (2119)

LE CRIME N'EST JAMAIS PARFAIT
Nouvelles policières (2163)

DEFOE
Robinson Crusoé (2120)

DIDEROT
Supplément au Voyage de Bougainville (2189)

DUMAS
Les Trois Mousquetaires.
1. Les ferrets de la reine (2142)
2. La vengeance de Milady (2144)

LA FARCE DU CUVIER et autres farces du Moyen Âge (2139)

LES GRANDES HEURES DE ROME (2147)

HOLDER (ÉRIC)
Mademoiselle Chambon (2153)

HUGO
Claude Gueux (2121)

L'HUMANISME ET LA RENAISSANCE (2165)

JARRY
Ubu Roi (2105)

LABICHE
Un chapeau de paille d'Italie (2114)

LES LUMIÈRES (2158)

MAUPASSANT
La Parure et autres scènes de la vie parisienne (2124)

MÉRIMÉE
Carmen (2145)

LES MÉTAMORPHOSES D'ULYSSE
Réécriture de l'*Odyssée* (2167)

MOLIÈRE
Le Bourgeois gentilhomme (2133)
L'École des femmes (2143)

MONSTRES ET CHIMÈRES (2191)

MUSSET
Il faut qu'une porte soit ouverte ou fermée. Un caprice (2149)

MYTHES ET DIEUX DE L'OLYMPE (2127)

ON N'EST PAS SÉRIEUX QUAND ON A QUINZE ANS
Adolescence et littérature (2156)

PAROLES DE LA SHOAH (2129)

LA PEINE DE MORT
De Voltaire à Badinter (2122)

RÉALISME ET NATURALISME (2159)

ROBINSONNADES
De Defoe à Tournier (2130)

LE ROMANTISME (2162)

ROSTAND
Cyrano de Bergerac (2112)

SAUMONT (ANNIE)
Aldo, mon ami et autres nouvelles (2141)

SÉVIGNÉ (MME DE)
Lettres (2166)

SHAKESPEARE
Roméo et Juliette (2118)

SHELLEY (MARY)
Frankenstein (2128)

LE SURRÉALISME (2152)

TITE-LIVE
La Fondation de Rome (2093)

VILLIERS DE L'ISLE-ADAM
Véra et autres nouvelles fantastiques (2150)

GF Flammarion

03/08/20763-VIII-2003 – Impr. MAURY Eurolivres, 45300 Manchecourt.
N° d'édition FG215311. – Avril 2002. – Printed in France.